DESEO

JESSICA LEMMON

Escándalo en la nieve

HARLEQUIN™

Editado por Harlequin Ibérica.
Una división de HarperCollins Ibérica, S.A.
Núñez de Balboa, 56
28001 Madrid

© 2018 Jessica Lemmon
© 2019 Harlequin Ibérica, una división de HarperCollins Ibérica, S.A.
Escándalo en la nieve, n.º 2124 - 2.5.19
Título original: A Snowbound Scandal
Publicada originalmente por Harlequin Enterprises, Ltd.

I.S.B.N.: 978-84-1307-774-1
Depósito legal: M-10323-2019
Impresión en CPI (Barcelona)
Fecha impresion para Argentina: 29.10.19
Distribuidor exclusivo para España: LOGISTA
Distribuidor para México: Distibuidora Intermex, S.A. de C.V.
Distribuidores para Argentina: Interior, DGP, S.A. Alvarado 2118.
Cap. Fed./Buenos Aires y Gran Buenos Aires, VACCARO HNOS.

Capítulo Uno

El mejor amigo del alcalde Chase Ferguson y jefe de su equipo de seguridad entró en el despacho con una hoja de papel en la mano.

–¿Ocupado? –preguntó Emmett.

–Muchísimo –respondió Chase. Llevaba veinte minutos con los ojos fijos en un punto en la pared mientras pensaba en cómo responder al correo electrónico del gobernador.

–No te robaré mucho tiempo –Emmett no sonreía, pero Chase sabía que su amigo estaba de buen humor. Emmett le conocía mejor que nadie, en ciertos aspectos, incluso mejor que su propia familia.

Emmett dejó el papel encima del escritorio y Chase agarró la foto en color impresa con la imagen de una delgada y delicada mujer que parecía estar gritando al tiempo que sostenía una pancarta. En la pancarta había una foto con un pájaro chorreando un líquido negro y, alrededor de la foto, estaba escrito: «El petróleo mata». Al fondo se veían pancartas similares, pero fue la mujer lo que realmente le impactó.

Un cabello oscuro suave y ondulado, buenos pómulos y labios pronunciados. A pesar de los años que habían transcurrido, no le costó recordar ese elegante y delgado cuerpo pegado al suyo. Mimi Andrix era tan delgada como una modelo, con pequeños pechos y delicadas curvas. Los años habían sido generosos con ella, a juzgar por la foto.

–¿De cuándo es esta foto? –preguntó Chase.

–De hace tres años, en Houston.

–¿Cómo es que ha caído en tus manos?

–Me avisó una de las personas que trabajan en la campaña. La enviaron por correo a la oficina acompañada de una carta amenazando con enviársela también Jaime Holland.

El adversario de Chase. Un tipo desagradable, con vínculos con ciertos magnates de Texas de dudosa reputación e involucrado en numerosas actividades ilegales.

–Estamos intentando averiguar quién la ha enviado, pero de momento no tenemos nada –dijo Emmett.

Chase lanzó un gruñido. Ah, el periodo de la campaña electoral. Quería seguir en su puesto durante todo el tiempo que la ciudad se lo permitiera. No solo era el alcalde más joven en la historia de Dallas, también era uno de los pocos políticos que ocupaban ese cargo que no se dejaban sobornar. Como miembro de la familia Ferguson y propietario de un tercio de Ferguson Oil, a Chase le sobraba el dinero. No ansiaba poder ni prestigio, sino justicia. Seguir de alcalde le permitiría luchar contra los políticos corruptos, como Jaime Holland, por ejemplo.

–La he reconocido inmediatamente –Emmett había acompañado a Chase durante un largo viaje de tres meses en el que Chase había conocido a Mimi. Emmett era una de las pocas personas que sabían lo que

4

había habido entre los dos aquel verano años atrás, lo bueno y lo malo.

–Debería saber que está expuesta a todo tipo de publicidad.

Mimi odiaba la política. No soportaría verse arrastrada por el fango durante la campaña electoral si se descubría y salía a la luz la relación que había tenido con él.

–He estado investigando y he descubierto que vive en Bigfork. Tienes previsto un viaje a Montana pronto, ¿verdad? ¿Por qué no vas a verla y hablas con ella en persona? –su amigo sonrió irónicamente.

–Dudo mucho que me recibiera con los brazos abiertos –la última vez que se habían visto, en Dallas, Chase la había metido en un avión en dirección a Bigfork. Enrojecida, con una mezcla de enfado y desesperación, le había detestado y dudaba que sus sentimientos por él hubieran cambiado.

–Trabaja en una organización dedicada a la conservación del medioambiente. Un grupo ecológico. En su página web se habla de «salvar el planeta».

Chase sonrió. Mimi era sumamente generosa y tenía un gran corazón. Hasta que fue a Dallas con él, no se había enterado de lo involucrado que él estaba en, según las palabras de Mimi, «uno de los mayores enemigos del medioambiente». La industria del petróleo era la industria de su familia.

Pero, al enterarse, no había roto con él. A Chase le había sorprendido que Mimi, sabiendo que los miles de millones que él había heredado de la misma industria que causaba tanto estrago según ella, hubiera seguido con él. Con lágrimas en los ojos, le había dicho que no le culpaba de ello, que llegarían a un acuerdo y que lo único que importaba era lo que sentían el uno por el otro.

Había sido él quien había roto la relación y le había causado un gran sufrimiento.

–¿Te has preguntado alguna vez qué habría pasado si os hubierais casado? –dijo Emmett dirigiéndose hacia la puerta.

–No –Chase nunca se cuestionaba las decisiones que tomaba.

–Al ver la foto, me he preguntado si ella se habría doblegado a ti y se habría conformado con ser la esposa de un político o si, por el contrario, tú te habrías dejado convencer y habrías acabado manifestándote contra las grandes compañías petrolíferas.

A Chase se le revolvió el estómago. No le gustaba pensar en lo que podría haber sido y no fue.

–Lo primero –respondió Chase.

Por eso era por lo que la había dejado. Mimi era demasiado buena para verse arrastrada a la esfera política. El deseo de protegerla había sido lo que le había hecho obligarla a subirse a ese avión. Un corte tajante era lo mejor y así se le había dicho en su momento.

Emmett cerró la puerta tras sí, dejándole a solas con unos pensamientos a los que no quería dedicarles tiempo. Había tenido numerosas relaciones amorosas durante los últimos diez años, a partir de su ruptura con Mimi. No sabía si por la edad de ambos entonces, él veintiséis y ella, veintitrés, o por ser un romance de verano, pero tenía grabada a Mimi en la memoria.

En aquel tiempo, Chase no era tan conservador como era ahora, se parecía más a su padre, Rider. Pero su madre, Eleanor, se había encargado de moderar el comportamiento de sus hijos. Lo había conseguido con él, pero Zach, a pesar de trabajar en la empresa familiar, seguía siendo una persona indómita.

Chase había cambiado después de ver claros sus intereses políticos. Por suerte, contaba con Emmett.

Aunque Emmett estaba a cargo del equipo de seguridad, sus obligaciones abarcaban todo lo que tuviera que ver con el cargo de él como alcalde. La lealtad era un lujo de valor incalculable en el campo de la política, por lo que se consideraba muy afortunado de contar con un amigo de toda la vida guardándole las espaldas.

Chase abrió el cajón superior del escritorio y guardó la foto. Sí, tenía buenos recuerdos de aquel verano. Como el día que entraron a escondidas en la enorme propiedad con vistas al lago. La casa, arrogante en su posición, tenía ocho dormitorios, seis cuartos de baño y, en su totalidad, mil cuatrocientos metros cuadrados.

Lo sabía porque había pasado años con los ojos puestos en dicha propiedad, a la espera de que el elusivo propietario muriera o se marchara.

El propietario había puesto a la venta la propiedad tres años atrás, y Chase la había comprado por dieciséis millones. La había remodelado y ahora, la casa, contaba con múltiples chimeneas, piscina interior climatizada, jacuzzi y bodega, entre otras muchas cosas.

La compra también le había hecho propietario de una buena parte de la orilla del lago Flathead. Desde la adquisición de la mansión, había estado allí cuatro veces, hacía lo posible por ir una vez al año como mínimo. Cuando iba, pensaba en Mimi solo de pasada. No era propio de él obsesionarse con el pasado. ¿Qué sentido tenía?

Se levantó y, a través de los cristales, contempló la ciudad. Dallas en otoño. Aún faltaban dieciocho meses para las elecciones, ya se estaban preparando para la campaña electoral, pero todavía las cosas estaban tranquilas.

El viaje a Bigfork que tenía previsto quizá fuera la última oportunidad que tendría de salir de la ciudad y descansar de la política durante unos días. Si ocurría lo peor, si Mimi se veía envuelta en algún escándalo político, sería mejor que él estuviera en Dallas, no en la ciudad donde ella vivía.

–Stefanie, por favor –Eleanor Ferguson amonestó a su hijo, sentada al otro lado de la mesa del comedor.

Stefanie alzó la mirada al techo, harta de que su madre la tratara como si fuera una niña siempre que se reunían durante las vacaciones. O minivacaciones, como era el caso. Después, desvió los ojos hacia sus hermanos. Chase, con traje y corbata, había venido directamente del trabajo, tarde, como de costumbre. Su hermano le respondió alzando una ceja, pero no dijo nada. Zach, sentado al lado de su esposa, Penelope, estaba demasiado ocupado con su hija de diez años para prestar atención a su hermana y a su madre. El resto de los comensales no formaban parte de la familia. Emmett Keaton, el jefe del equipo de seguridad de Chase y su mejor amigo, estaba sentado a la cabeza de la mesa, frente a su padre. Comía en silencio y la observaba con expresión neutral, como de costumbre.

Ese hombre la exasperaba. No le había quitado el ojo desde aquel desafortunado incidente con uno de los enemigos políticos de Chase.

—Esta no es la comida del día de Acción de Gracias —declaró Stef dejando la servilleta en la mesa—, todavía faltan dos semanas.

Emmett murmuró algo parecido a una carcajada contenida y Stef le lanzó una furiosa mirada.

—¿Por qué está aquí? —preguntó Stef a todos los comensales.

—Rider —Elle miró a su marido—. Dile a tu hija que en esta casa no se permite la mala educación.

—Stef, cielo, todos debemos hacer sacrificios —Rider sonrió a su hija—. ¿Crees que a mí me apetece pasar mis vacaciones preferidas en un barco?

—Es un crucero —corrigió Elle.

—Emmett está aquí porque jamás rechaza una invitación a comer —comentó Chase en broma.

Emmett volvió a gruñir. Steff supuso que era la forma que tenía de mostrarse de acuerdo con su amigo.

Emmett era un neandertal.

—No me parece bien que todos estéis por ahí el día de Acción de Gracias —era un sacrilegio.

¿Acaso seguir una tradición solo le importaba a ella? Chase iba a pasar esos días de vacaciones en Montana, solo. Zach y Pen, con su hija, iban a Chicago a ver a los padres de Pen; al menos, era una excusa válida. Y sus padres iban a estar flotando en medio del Atlántico en bañador bebiendo *mai tais*.

–Yo voy a quedarme aquí –comentó Emmett.

–¡Vaya suerte la mía! –Stef prefería calentarse un plato precocinado en el microondas a comer pavo con Emmet.

–Stef, si quieres venir a Chicago con nosotros, mis padres estarían encantados –dijo Pen al tiempo que levantaba a su hija de la trona.

La esposa de su hermano, Penelope, era una mujer dulce, reflexiva e inteligente, y hermosa. Y aunque le encantaba salir con Pen, no quería entrometerse. Ese iba a ser el primer día de Acción de Gracias que los padres de Pen iban a pasar con su nieta Olivia.

–Te lo agradezco, pero no es necesario –Stef sonrió a su cuñada–. Estaré bien. Me dedicaré a hacer los preparativos para Navidad.

–De todos modos, si cambias de idea, no tienes más que decirlo –Pen pidió disculpas para salir del comedor y atender a Olivia.

–¿Necesitas que te ayude? –preguntó Zach poniéndose en pie.

–No, no te preocupes, puedo arreglármelas sola –Pen dio un beso a su marido y él le dedicó una sonrisa de adoración.

–No me pidas que te invite a ir a Montana conmigo porque no voy a hacerlo –dijo Chase echándose más puré de patatas en el plato.

–No pasaría el día de Acción de Gracias contigo por nada del mundo –bromeó Stef.

–Estupendo –respondió Chase.

Stef siempre había podido contar con su hermano mayor. Sabía que, si quisiera ir a Montana con Chase, él la llevaría. Pero Chase también se merecía un descanso. Aquella noche, le veía cansado, lo notaba en sus ojos.

–¿Qué vas a hacer tú esos días, Emmett? –preguntó Elle.

–Estaré de guardia, por si se me necesita para algo. Los de seguridad nunca descansamos.

Stef miró subrepticiamente a Emmett. No le conocía muy bien, solo sabía que Chase y él eran amigos desde hacía años. Suponía que, tras esas enormes espaldas y el permanentemente fruncido ceño de ese hombre, se escondía un individuo solitario que trabajaba las veinticuatro horas del día todos los días de la semana, y poco más. Su vida parecía reducirse a todo lo relacionado con la familia Ferguson y nada más.

Stef suspiró con resignación. No estaba acostumbrada a estar sola, pero eso no significaba que no pudiera. Ese año iba a pasar el día de Acción de Gracias sola. Le ayudaría a madurar.

Ya era hora de que su familia empezara a dejar de considerarla una niña. Al fin y al cabo, tenía veintinueve años.

Capítulo Dos

Envuelta en un abrigo verde que le llegaba hasta la rodilla, Miriam Andrix, cruzó el aparcamiento con la cabeza baja para protegerse del gélido viento. Había nacido y se había criado en Montana, pero cada vez toleraba menos el frío. Lo que era ridículo, solo tenía treinta y tres años, no los setenta y cinco de su abuela, que ponía el termostato de la calefacción a veintiséis grados.

Se dirigía al mercado de productos orgánicos para comprar los ingredientes para un pastel de batata, tal y como su madre le había mandado. Era la primera vez que la habían dejado a cargo del postre.

A la entrada del mercado, las puertas se abrieron y lo primero que notó fue el olor a sidra caliente con especias. Pero también olió sándalo, pino, cuero… Algo que le resultó familiar. Sin embargo, fue una voz lo que le golpeó con fuerza.

–Mimi…

Mimi alzó el rostro y se encontró delante de un hombre bastante más alto que ella, el ceño fruncido en un increíblemente hermoso rostro, con ojos verde grisáceo y el cabello revuelto, igual que diez años atrás, el único rasgo indomable de Chase Ferguson.

–Hola, Chase.

Una semana atrás había recibido, por correo certificado, una foto acompañada de una carta de la alcaldía de Dallas firmada por una mujer. Después de leer los dos párrafos de la carta, la había tirado a la basura. En la misiva se le comunicaba que su nombre podía verse mencionado durante la campaña electoral de Chase Ferguson y que quizá, en el futuro, necesitaran ponerse en contacto con ella para pedirle su cooperación.

Pero el hecho de haber tirado la carta a la basura no había borrado de su memoria el recuerdo de Chase. Había pasado una semana entera reflexionando sobre el verano que habían pasado juntos.

—No esperaba verte —dijo Chase con la misma voz profunda y aterciopelada de siempre.

—Lo mismo digo —respondió ella con una sonrisa forzada.

—Sí, supongo que tú tampoco esperabas verme —dijo él sujetando una bolsa de papel con comestibles.

—¿Qué estás haciendo en Montana?

—Todos años vengo de vacaciones, a descansar del bombo y platillo de la política.

¿Todos los años?

—He recibido una carta de ese bombo y platillo.

—Bien. Solo queríamos que lo supieras. Tenemos la sospecha de que uno de mis contrincantes ha estado hurgando y la ha encontrado.

—¿Dónde te hospedas?

—Tengo una casa aquí.

—¿Que tienes una casa aquí? —eso era nuevo.

—Sí, en el lago Flathead.

Un recuerdo la asaltó: ella animándole a bañarse

desnudos en el lago, en la orilla del lago de una propiedad privada una cálida noche de julio. Había acabado convenciéndole.

Se quedó mirando los anchos hombros de Chase, su cuerpo, su altura. Seguía gustándole, desgraciadamente.

–En Pinecone Drive –añadió él.

–¿Te refieres a… la casa de la colina con todos esos ventanales?

–La misma. La compré hace unos años. Siempre me ha gustado. Desafortunadamente, no vengo tanto como me gustaría.

–¿Y has venido con… tu familia? –¿Esposa? ¿Niños?

–No, he venido solo. Mis padres se han ido de crucero por las Barbados y mi hermano Zach ha ido a Chicago con su esposa y su hija.

–Así que Zach se ha casado, ¿eh? –sonrió al pensar en el hermano menor de Chase casado y con una hija. Solo le había visto una vez, pero tenía un buen recuerdo de aquel tipo rubio de ojos verdes. También había conocido de pasada a la hermana menor de Chase, Miriam–. ¿Y Stefanie?

–Está bien. Soltera. Mejor para ella.

–Sí. Yo también me alegro de estar soltera –declaró Miriam.

–Y yo.

–Bueno, será mejor que me ponga en marcha. Tengo que comprar los ingredientes para un pastel de batata, mi contribución a la comida del día de Acción de Gracias.

–Ah, me encanta el pastel de batata, es uno de mis postres preferidos.

–¿En serio?

–Sí. Lo he buscado en los congeladores, pero no lo he encontrado –Chase rebuscó en la bolsa de la compra y sacó un pastel de cerezas congelado; después, sacó una pizza congelada también.

–No puedo creerlo. ¿Vas a comer pizza el día de Acción de Gracias?

–Pero tengo buen vino en casa.

Él también estaba muy bueno. Desde los relucientes zapatos al elegante traje y la corbata debajo del abrigo oscuro. Resultaba difícil imaginar a Chase tomando comida precocinada acompañada de una botella de vino de mil dólares.

–Y si me resulta demasiado trabajoso preparar la pizza, tengo un buen pan aquí en la bolsa y tres tipos diferentes de queso *cheddar* –añadió él con una sonrisa.

–Bien. En fin, que disfrutes con el queso y el vino, o lo que sea –Mimi asintió y, sin más palabras, se volvió para marcharse.

–Mimi, espera –dijo Chase, deteniéndola. Entonces, le ofreció una tarjeta–. Aquí tienes mi número de móvil, por si surge algún problema y necesitas ponerte en contacto conmigo. No dudes en llamarme, por favor.

Mimi aceptó la tarjeta, asintió y se alejó de él sin volver la vista atrás.

Se detuvo delante de la verdulería, pero ya no quedaban batatas, solo boniatos. Emitió un chasquido con la lengua, había ido allí en mal momento, tanto para la compra de batata como por el hecho de haberse topado con un exnovio que debería tener un aspecto mucho menos tentador.

La sencilla tarjeta blanca con letras negras le pesaba en la mano, pero aún no estaba preparada para tirarla a la basura. La metió en el monedero y, a continuación, se preguntó qué hacer: pedirle a la mujer que estaba a su lado que le cediera unas cuantas batatas o comprarlas de bote y rezar por que su madre no lo notara.

Capítulo Tres

–¡Kristine Andrix, la milagrosa! –anunció su hermana menor al entrar en el apartamento de Miriam al día siguiente por la tarde.

Kristine dejó una bolsa de papel en el mostrador de la cocina y Miriam, al mirar el contenido de la bolsa, no pudo disimular su asombro.

–¡Son maravillosas!

–Y orgánicas. La semana pasada empecé a tomar batatas para desayunar y las tenía en casa.

–¿Batatas para desayunar? –Kris, una auténtica fanática de la comida saludable, siempre estaba experimentando. El año anterior, en su etapa vegana, había llevado pavo de tofu para la comida del día de Acción de Gracias. Este año era vegetariana, pero solo comía productos orgánicos.

–Sí. Asas las batatas con antelación y las dejas en el frigorífico; por la mañana, las calientas y pones encima crema de cacahuete y canela.

–Debe estar muy bueno –Miriam se acercó al fregadero para escardar las batatas–. ¿A qué hora vas a salir para ir mañana a casa de mamá?

–No voy mañana, sino esta noche.

–¿Esta noche? –una pena, había comprado vino para tomarlo aquella tarde con su hermana mientras le contaba el encuentro con el multimillonario alcalde que estaba de visita en Bigfork.

—Mamá nos ha invitado a Brendan y a mí a pasar la noche en su casa —Kristine arqueó las cejas al hablar.

—¿En la misma habitación?

—Increíble, ¿verdad? Papá jamás lo habría permitido —Kris sonrió tristemente. Todos echaban de menos a su padre; sobre todo, en esos días tan señalados—. Creo que Wendy ha contribuido en gran medida a alegrar el ambiente.

—Sí, gracias a llevar a Rosalie en Navidad.

—Mamá presume de ser una mujer progresiva.

—De todos modos, qué pena. He comprado una botella de vino y pensaba que podíamos beber y charlar como solíamos hacer —Miriam decidió no añadir: «antes de Brendan». No podía entristecer a su hermana.

Miriam puso las batatas en una cacerola y Kristine comenzó a pincharlas con un tenedor.

—¿Por qué no vienes esta noche también? —Kris vivía también en Bigfork, cerca de su casa.

—No puedo, tengo que acabar un informe que debería haber hecho ya.

—No es justo que tengas que trabajar el día en que más se bebe del año —su hermana hizo una mueca.

—Bueno, no importa. Voy a pasar la noche del día de Acción de Gracias en casa de mamá también, así podremos ir de tiendas temprano por la mañana el día de más compras del año.

—Es una pena que ya no salgas con Gerard, así Brendran podría tener alguien con quien hablar.

—Gerard no era muy hablador que digamos —ese

había sido el motivo de su ruptura. Gerard apenas había hablado de sí mismo, ni de cosas importantes ni de cosas sin importancia–. No solemos tener novios al mismo tiempo, ¿verdad?

–Verdad.

Kristine y Miriam se llevaban diez meses. Sus hermanos mayores, Ross y Wendy, la llevaban seis y cuatro años respectivamente. Kristine y ella habían sido inseparables; compartían también el mismo cabello oscuro ondulado y los mismos labios regordetes; no obstante, Kristine tenía un cuerpo parecido al de Wendy, con muchas curvas, todo lo contrario que ella.

–Hablando de novios… –Miriam, que había terminado de envolver las batatas en papel aluminio, las metió en el horno. Puso el reloj y se apoyó en la encimera de la cocina mientras Kristine se servía un vaso de agua–. Me he topado con Chase Ferguson en el mercado de productos orgánicos.

Kris se quedó boquiabierta.

–¿Qué?

–Él salía cuando yo entraba. Está de vacaciones. Me ha dicho que ha comprado la propiedad de Pinecone Drive.

–¿La casa que tiene piscina dentro, una bodega y un millón de habitaciones?

–Sí. Y mil quinientos metros cuadrados que dan al lago Flathead.

–¡Vaya! –exclamó Kris–. No parece que te haya afectado mucho.

–He conseguido calmarme después de unas horas.

—Estabas locamente enamorada de él —Kris sacudió la cabeza.

—Sí, gracias por recordármelo.

—¿Qué aspecto tiene ahora?

—Alto, moreno y guapo.

—Terrible —su hermana hizo una mueca—. ¿Con quién ha venido?

—Con nadie. Está completamente solo.

—¿Qué pasa? ¿Ha dejado a la esposa y a los hijos en una villa de la Toscana mientras él ha venido a escribir su autobiografía?

—No tiene esposa ni hijos —respondió Miriam—; al menos, creo que no tiene hijos. Solo me ha dicho que está soltero.

—Me da la impresión de que habéis hablado bastante —su hermana arqueó una ceja.

—No creas, solo hemos mantenido una breve y civilizada conversación. Sus padres y hermanos iban a pasar fuera el fin de semana del día de acción de gracias y él ha venido a descansar en su mansión y va a comer pizza congelada. También me ha dicho que le encanta el pastel de batata, cosa que no me había dicho cuando salíamos juntos. ¿Por qué crees que no me lo había dicho?

—Supongo que porque durante los dos meses de verano que pasasteis juntos estabais demasiado ocupados haciendo el amor desnudos en el lago como para hablar de vuestras preferencias en lo relativo a los postres, ¿no?

—Sí, tienes razón —Miriam sonrió—. Aunque yo iba a decir que fue porque rompimos antes de que fuera la época de las batatas. Hacía mucho que no pensaba en él. Fue solo un romance de verano.

Miriam ignoró el vuelco que le dio el corazón. Prefería creer que nunca le había amado a considerar la posibilidad de haber estado en lo cierto al pensar que podrían haber sido felices juntos si Chase no hubiera cortado con ella de modo tan tajante.

–Podría invitarle a comer con nosotros –comentó Miriam medio en broma–. Ya sabes, enterrar el hacha de guerra de una vez por todas.

–Hazlo.

–¿Qué? ¿Por qué? Solo lo he dicho de broma.

–Sería una catarsis para ti. Al estar juntos, os daríais cuenta de que ya no sois las mismas personas que hace diez años. Tú eres la Miriam de hoy. No le vendría mal a Chase ver lo que se ha perdido.

–Gracias, Kris –respondió Miriam conmovida, pero sin estar convencida–, pero Chase no se ha perdido gran cosa. Aparte de mi trabajo, que me encanta, no tengo marido, no tengo hijos y tampoco me han dado el premio Nobel de la paz, así que no puedo presumir delante de él.

–Eso no tiene importancia –Kristine agarró el móvil de Miriam, que estaba encima del mostrador, pero frunció el ceño–. Una pena, no creo que tengas su número de móvil.

–Te equivocas, lo tengo. Me ha dado su tarjeta.

–¿En serio? –Kris sonrió traviesa y los ojos se le iluminaron–. ¿Por qué crees que lo ha hecho?

Miriam le quitó el móvil a su hermana y se lo metió en un bolsillo.

–¿Te acuerdas de la manifestación que un grupo ecologista y yo organizamos en Houston hace unos años?

–En contra de las petrolíferas, ¿no?

Miriam asintió y le contó a su hermana lo de la carta que había recibido la semana anterior y le explicó el motivo de la misiva.

–Chase no tenía intención de verme, así que no sé por qué me ha dicho que le llame si le necesito.

–Sigo pensando que deberías invitarle, aunque solo sea para reprocharle ser un sucio político mientras tú eres la Blancanieves de Bigfork.

La imaginación de su hermana, que era una correctora de pruebas autónoma, la hizo reír.

–Kris, olvídalo.

–Aguafiestas.

Tras esa declaración, dejaron el tema de los atractivos alcaldes y los amoríos de verano y pasaron a charlar de otras cosas.

Dos horas más tarde, las batatas, ya cocinadas, se estaban enfriando encima del mostrador de la cocina, Kris se había marchado y Miriam, tras servirse una copa de vino, estaba en el sofá del cuarto de estar con el portátil y unos papeles encima de la mesa de centro. Pero la página web que estaba mirando no tenía nada que ver con su trabajo, sino con Chase.

Miriam acarició el número de teléfono de Chase impreso en la tarjeta. Una copa de vino fue todo lo que necesitó para tomar una decisión. Eso y el olor a pastel de batata que impregnaba el ambiente.

–Maldito hombre.

Miriam marcó los ocho primeros dígitos del número de móvil e hizo una pausa. ¿Por qué tenía que importarle que un exnovio pasara solo el día de Acción de Gracias? ¿No debería regocijarle que el desgraciado que le rompió el corazón pasara ese día solo en su mansión? Pero ella no era rencorosa, nunca lo había sido.

Terminó de marcar el número y esperó pacientemente. Cuando estaba a punto de colgar, una aterciopelada voz contestó:

—Chase Ferguson.

—Hola, Chase. Soy Miriam.

—¿Miriam? ¿Pasa algo? —preguntó él en tono de preocupación.

—No, no pasa nada —Miriam se aclaró la garganta, bebió un sorbo de vino para darse ánimo y continuó—: Mi madre vive a veinte minutos en coche de Bigfork, al norte. El día de Acción de Gracias, solemos hacer comida para un regimiento. Si quieres, puedes venir a cenar con nosotros mañana por la tarde.

Miriam apretó los labios para no decirle que había preparado dos pasteles de batata porque, supuestamente, le encantaban. No iba a rogarle que viniera, solo estaba invitando a un viejo conocido.

El silencio se prolongó al otro lado de la línea.

—Chase…

—No. Pero gracias.

Esperó a que él le diera una explicación. No la recibió, ni siquiera una excusa.

—¿Se te ofrece algo más? —preguntó él en tono distante.

Ante tanto formalismo, la ira se apoderó de ella.

–No, nada más –le espetó Miriam–. Ya no tengo nada más que decirte.

–Bien.

Esperó a que él se despidiera, pero fue en vano. Por eso, colgó sin más.

–Imbécil –Miriam dejó el móvil encima de la mesa de centro y se volvió a llenar la copa. Su llamada había sido un gesto de amabilidad y él la había dejado en ridículo.

Igual que diez años atrás.

–Ese hombre es así, Miriam –se dijo a sí misma en voz alta–. Es un hombre con una mansión que apenas usa de dieciséis millones de dólares. Un hombre al que solo le importa el dinero y que compra preciosas propiedades solo por el hecho de que se lo puede permitir.

Bebió otro sorbo de vino y pensó que, por mucho que hubiera despreciado a la madre de Chase entonces y por mucho que siguiera desagradándole ahora, Eleanor Ferguson había acertado al decir que Chase y ella no tenían nada que ver el uno con el otro.

Capítulo Cuatro

Apenas llevaba cinco minutos en la cocina de su madre cuando Miriam se puso a hablar de la humillación que había sufrido la noche anterior al llamar a Chase por teléfono.

Kristine estaba colocando unos panecillos en una cesta y su hermano Ross agarró otro para mojarlo en la salsa.

—¿Es el alcalde de dónde? —preguntó su hermano con el pan en la boca.

—De Dallas, tontaina —respondió Kris—. Y deja el pan en paz. He hecho tres docenas y tú ya te has comido tres.

—Cuatro —le corrigió Ross con una sonrisa traviesa.

—Chase es un imbécil y siento mucho lo que te ha pasado —declaró Kris volviendo una vez más al tema que les tenía ocupados.

—Sí, es verdad. Lo único que siento es no haberle dicho lo que pensaba de él antes de colgar. De haberlo hecho, le habría comunicado que no he necesitado sus millones para nada y que estoy encantada con mi trabajo en un campo dedicado a luchar contra el calentamiento global. Mi trabajo es admirable.

—Sí que lo es, cielo.

—Gracias.

Miriam había estudiado agricultura en la universidad. Después de unos años desempeñando un trabajo administrativo, había conseguido entrar a trabajar en la Sociedad de Montana para la Conservación del Medioambiente. Ya llevaba trabajando allí cinco años y le encantaba. Ahora ocupaba el puesto de directora de un departamento dedicado a todos los asuntos relativos a los estudiantes. En su mayor parte, trabajaba con adolescentes: les enseñaba a respetar el medioambiente y a cuidar del mundo que todos compartían. Le resultaba altamente gratificante ver a esos chicos evolucionar y mostrar cada vez un mayor interés y respeto por el medioambiente.

Y a pesar de ello, Chase la había despreciado y la había tratado como si estuviera ejerciendo un trabajo temporal en su empresa.

—Debería haber ido a su maldita mansión y haberle dicho lo que pensaba de su vida derrochadora y de su comportamiento egoísta.

—Kristine, lleva eso a la mesa, por favor. Vamos a comer dentro de nada —dijo Judy Andrix.

Kris se marchó de la cocina en dirección al cuarto de estar y, entonces, Judy miró fijamente a su hija. Desde la muerte de su esposo hacía cinco años debido a complicaciones tras una operación de corazón, Judy había asumido el papel de madre y padre para sus hijos.

—Miriam, ¿podrías llevar esas botellas de vino a la mesa?

—Sí, claro, mamá —respondió Miriam, obedeciendo inmediatamente y aliviada de que la conversación se hubiera dado por acabada.

Sin embargo, estaban ya en mitad de la comida y Miriam no había probado el vino y apenas había comido.

—¿Meem, te pasa algo? —preguntó Rosalie, la novia de Wendy.

Miriam parpadeó, saliendo de su ensimismamiento, y se dio cuenta de que había estado pensando en Chase con los ojos fijos en el puré de patatas.

—No, nada. Estaba pensando en el trabajo.

—¿Qué tal te fue en el campamento el verano pasado? Perdona que no te lo haya preguntado antes, he estado tan ocupada…

Ocupada porque era cirujana. Normal.

—Tendrías que haber estado allí para saber lo que es tener que manejar a treinta adolescentes en tiendas de campaña, no te lo puedes ni imaginar —respondió Miriam antes de contarle las vacaciones con los chicos a su cargo el verano anterior.

—Eso es lo que la digo cada vez que habla de tener hijos —dijo Wendy, dándole a Rosalie un cariñoso empujón con el hombro.

—A mí me encantan los niños —dijo Cecilia, la esposa de Ross. Y justo en ese momento Rave, su hija de cinco años, tiró un panecillo untado de mantequilla al suelo.

—¡Raven! —mientras Ross explicaba a su hija que la comida debía estar en el plato, no encima de la alfombra, Wendy y Rosalie contestaron las preguntas que Kristine les hizo respecto a tener hijos. Estaban dispuestas a recurrir a la inseminación artificial, pero tampoco estaban en contra de adoptar un niño.

Su madre intervino para decir que, fuera como fuese, lo que quería era tener otro nieto.

–O dos –añadió mirando a Kris y Brenan, que sabiamente volvieron a llenarse las bocas con comida y prefirieron no hacer más comentarios–. Meem, ¿estás saliendo con alguien?

Fue entonces cuando Miriam perdió los estribos.

–Perdonad –dijo Miriam levantándose de la mesa–. Tengo que salir a hacer una cosa.

–¿Qué? ¿Ahora? –dijo su madre levantando la voz.

–Volveré dentro de una hora como mucho, a tiempo para el postre. Podéis empezar a jugar sin mí, no tenéis que esperarme.

Le daría tiempo a ir a Bigfork y volver antes de que la tradicional batalla de juegos de mesa comenzara, pensó mientras se dirigía apresuradamente a la cocina. Allí, dividió una de sus tartas de batata y metió tres trozos grandes en el envase y lo cerró con la tapa. Estaba decidida a demostrarle lo que se estaba perdiendo.

Se estaba echando el abrigo por los hombros cuando su madre apareció y clavó los ojos en el envase.

–¿Adónde demonios vas en mitad de la cena del día de Acción de Gracias? –su madre era una mujer delgada y guapa, cuyo atractivo no podía ser ignorado a pesar de tener sesenta y pocos años.

–No espero que lo entiendas –contestó Miriam dando un cariñoso apretón en el brazo a su madre–. Tengo que hablar con él; de lo contrario, no conseguiré disfrutar estos días. Es… Tengo que hacerlo.

–¿Y no te bastaría con una llamada telefónica? –Judy miró fijamente a su hija.

–No –Miriam no podía correr el riesgo de que volviera a ocurrir lo mismo que la noche anterior.

–Está nevando otra vez.

–Mi coche tiene tracción a cuatro ruedas. Mamá, por favor… Te prometo que volveré en una hora como mucho.

–En ese caso, llévale algo más de comida al alcalde. No puedes presentarte en su casa solo con un poco de tarta.

Había comprado el coche hacía solo un año y rodaba por la nieve sin problemas. Sin embargo, según se aproximaba a Bigfork, la visibilidad empeoró y también el rodaje.

No obstante, a pesar de que el trayecto de unos veinte minutos ya le había costado casi una hora debido a las malas condiciones meteorológicas, Miriam estaba decidida a ir a casa de Chase. No iba a darse por vencida ahora que solo estaba a unos pocos kilómetros de allí. No, de ninguna manera.

Al pararse delante de un semáforo, envió un mensaje a Kris por el móvil: «¡Me va a tocar pasar el resto de la fiesta sola en casa! Bigfork enterrado en nieve».

Antes de que se abriera el semáforo, su móvil sonó.

–¡Tienes que volver! –declaró Kris sin más.

–No puedo, está nevando muchísimo aquí, en las afueras de Bigfork.

–¿Todavía estás en la carretera? –preguntó su hermana sorprendida.

–Sí, pero estoy casi en casa. Diles a todos que lo

siento mucho. Llamaré más tarde, cuando llegue a casa.

Miriam colgó y reanudó el trayecto a casa de Chase. Si no iba, el viaje no habría servido de nada.

Una vez que se encontrara delante de él y le demostrara quién era, en lo que se había convertido, se daría media vuelta y se marcharía. ¿Y quién era? Una mujer que no consentía que nadie la tratara como si fuera una piltrafa. Una mujer realizada, satisfecha por haber cumplido, durante los diez años transcurridos desde la última vez que se habían visto, aquello a lo que había aspirado. Su mayor preocupación era seguir siendo para él aquella chica llorando delante de un avión y rogándole que no la abandonara.

La madre de Chase, Eleanor, la había considerado un estorbo que su hijo no se podía permitir. Eso era lo que le había dicho cuando, en la única llamada que había hecho a Chase después de su ruptura, Eleanor había contestado al teléfono.

Un día de Acción de Gracias.

Tomó la desviación hacia el barrio del lago, donde vivían los residentes más acomodados de Bigfork. Las casas más próximas al lago se encontraban en lo alto de las colinas, muy separadas unas de otras.

Después de diez minutos de lento rodaje en dirección a Pinecone Drive, se encontró rodeada de oscuros árboles cubiertos de nieve y reviviendo mentalmente aquella conversación:

—Este es el teléfono de Chase Ferguson. ¿Quién está al aparato?

Miriam había reconocido la voz de Eleanor al instante, pero se negó a que aquella mujer la intimidara. Los asuntos entre Chase y ella no tenían nada que ver con aquella mujer.

–Escucha, querida. Entiendo que tengas cierta afinidad con mi hijo; sin embargo, no voy a permitir que esta situación continúe. Mi hijo tiene aspiraciones a ocupar un cargo político. Su futuro también está en Ferguson Oil. ¿En serio podrías decirme que no serías un obstáculo para mi hijo durante su trayectoria profesional? Si le quieres realmente, le dejarás libre para vivir aquí en Dallas, sin ti.

Miriam no había averiguado si Chase le había pedido a su madre que le hiciera el trabajo sucio o si, por el contrario, Eleanor había respondido a esa llamada sin decirle nada a su hijo. Al final, suponía que no tenía importancia.

Ella había tratado de encontrar una solución, de llegar a un compromiso. Él se había escondido.

Era una estúpida. Y era una estupidez estar yendo a casa de él esa noche.

Delante de la casa, Miriam apagó el motor y salió del coche. Se estremeció cuando una ráfaga de viento gélido la sacudió. El porche se encendió y Chase apareció en la puerta vestido con un jersey, unos vaqueros y unas zapatillas de deporte.

Miriam sacó del asiento contiguo al del conductor los tres envases con comida y cerró la portezuela del coche.

–¿Qué demonios estás haciendo aquí?

–No te preocupes, me marcharé enseguida.

Miriam le dio el envase con la tarta de batata y él

31

arrugó el ceño. Los dientes le castañetearon; en parte, por los nervios. Por fin, la oportunidad de poner a Chase Ferguson en su sitio. Y ella controlando la situación. Miró a su alrededor, a la nieve amontonada. Demasiado tarde para echarse atrás.

–Entra –ordenó él.

Por costumbre, Miriam cerró el coche con llave.

–Espero que no hayas venido solo a traerme un trozo de tarta, que tengas un motivo de más peso para estar aquí.

«No te preocupes, alcalde, claro que lo tengo».

Capítulo Cinco

Chase sabía que Miriam era obstinada, pero ir hasta su casa en coche en medio de una tormenta de nieve era más que cabezonería. Era peligroso. Y Miriam en peligro, inaceptable; sobre todo, siendo él la causa.

Una vez dentro, cerró la puerta mientras ella paseaba la mirada a su alrededor. Contempló el cálido color de la madera y los altos techos con vigas. Había leños en la chimenea y, al lado, unos periódicos arrugados y unas cerillas. Había interrumpido la tarea al oír el interfono; a continuación, había pulsado el botón que abría la puerta de la verja que rodeaba la propiedad. Aquella mañana había pedido por teléfono comestibles y madera; aunque el hombre del tiempo había declarado que la tormenta de nieve no iba a afectar a Bigfork, él no se había arriesgado. Por suerte, se había preparado para lo que pudiera ocurrir, al contrario que la hermosa mujer que se había invitado a sí misma a ir a su casa.

—¿Te importaría decirme en qué ala de la mansión se encuentra la cocina? —preguntó Mimi con irónica sonrisa.

—¿A qué has venido? —era una pregunta obvia y lo primero que Miriam debería haberle dicho al presentarse en su casa sin avisar.

–Dijiste que si necesitaba algo… –Miriam alzó la cabeza para mirarle, ya que él había ascendido tres escalones para dirigirse a la cocina. Era aún más hermosa de lo que recordaba. Sus mejillas habían perdido voluptuosidad, pero los pómulos se veían más marcados y también los labios parecían más llenos.

Chase le quitó de las manos el resto de los envases de plástico y, con un gesto de la cabeza, indicó el armario empotrado de la entrada.

–Cuelga el abrigo ahí.

–No voy a quedarme mucho. La tormenta está arreciando con fuerza y…

–Y vas a quedarte aquí hasta que pase –bajo ningún concepto iba a permitirle conducir en medio de semejante tormenta de nieve.

–No, no voy a hacer eso –Miriam arqueó las cejas.

–Mimi, el abrigo –Chase bajó los escalones y se acercó a ella–. Después, cruza el cuarto de estar, gira a la derecha y verás la cocina.

–Te seguiré –le espetó ella, pero se quitó el abrigo y se lo colgó del brazo.

Aunque la actitud de ella le molestaba, al menos Mimi había cedido hasta cierto punto.

Chase dejó los envases encima del mostrador de la cocina y, a sus espaldas, oyó un silbido.

–¡Qué casa!

Mimi giró sobre sí misma en la cocina, tomando nota de la isla en medio de la cocina, los muebles que cubrían las paredes, la cocina de guisar de gas de seis fuegos y el frigorífico de dos puertas. A continuación, dejó el abrigo sobre uno de los taburetes alrededor de la isla.

Unos ceñidos vaqueros acentuaban la extraordinaria longitud de sus piernas y el jersey granate de cuello desbocado dejaba ver una cremosa y pálida piel. Sus pechos eran pequeños, pero eso a él le había dado completamente igual cuando estaban juntos.

—Bueno, ahí tienes la cena típica del día de hoy: pavo, el relleno, judías verdes… en fin, lo normal. Y, por supuesto, tarta de batata de postre. ¿Has comido algo hoy?

—¿Qué demonios estás haciendo aquí, Mimi? —repitió Chase.

Los ojos castaños de ella se empequeñecieron y le miraron con expresión de censura como consecuencia del tono de voz que él había empleado.

—He venido para demostrarte que ya no soy la chica de veintitrés años a la que abandonaste en un aeropuerto de Dallas. Puede que tú seas un multimillonario con intereses en la industria del petróleo y, además, un político; pero yo también soy alguien.

—¿Sí? —Chase rodeó la isla de la cocina y ella dio un paso atrás. No iba a permitirle que le acusara de ser un desgraciado millonario sin defenderse a sí mismo—. Dime, ¿cómo es que te has convertido en la reencarnación de la madre Teresa?

—Yo no he dicho que sea la madre Teresa.

—No, pero has insinuado que yo soy como el mismísimo diablo, así que he supuesto que…

—Tú no tienes ni idea de lo que he insinuado. No me conoces. Me conocías.

—Lo mismo digo —Chase la miró de pies a cabeza. Iba vestida diferente, parecía llevar una ropa más for-

35

mal, menos atrevida que diez años atrás–. Has madurado. Yo he madurado. Suele ocurrir.

–Al contrario que tú, no me dedico a contar los ceros en mi cuenta bancaria. Yo ayudo a la gente.

–Y yo. ¿Vas a dejarte de tonterías y a decirme de una vez a qué has venido?

–Acabo de decírtelo. Te negaste a hablar por teléfono, así que he venido en persona a…

–Mentira. Has hecho un trayecto de veinte minutos en el coche…

–Me ha llevado una hora.

–En medio de una tormenta de nieve, en medio de la cena del día de acción de gracias, para traerme comida y tarta de batata. Así que no me digas que has venido a ponerme en mi sitio porque no me lo creo.

La rosada lengua de ella rozó los labios pintados del mismo granate que el jersey. Y él sabía bien que, a diferencia de una tarta de fruta, Mimi sabía a miel.

–Creía que me lo agradecerías.

–Y te lo agradezco. Pero eso no explica el motivo de tu visita.

–Te invité a cenar con nosotros para que no estuvieras solo –declaró ella.

–¿Te parezco un perro que necesita que le arrojen un hueso? –Chase abrió los brazos indicando la amplia estancia–. ¿Crees que no puedo valérmelas por mí mismo?

–¡Rechazaste la invitación! –exclamó Mimi casi a gritos.

–Estaba en todo mi derecho –respondió Chase sin perder los estribos. ¿Qué se traía Mimi entre manos?

Los labios de ella perdieron rigidez. Sus cejas bajaron. Una profunda vulnerabilidad asomó a su rostro.

Fue entonces cuando se dio cuenta del porqué, golpeándole con fuerza. «Soy imbécil».

–He herido tus sentimientos –declaró Chase. ¿Cómo podía haber sido tan tonto?–. Por eso es por lo que estás aquí.

Mimi emitió un quedo bufido, pero Chase sabía que había acertado. Mimi había cambiado en diez años; pero, en ciertas cosas, seguía siendo la misma: cabezota, bonita y animada, pero más fuerte y aún más obstinada que antes. Le había llevado la cena típica del día de Acción de Gracias no porque él le diera pena sino porque…

–Te daba cosa que cenara solo –declaró él.

–¿Por qué iba a preocuparme que un vanidoso y engreído…

–Está bien, lo admito.

–De acuerdo –dijo Mimi lanzando un soplido–. Estaba sentada delante de un pavo pensando que, si no fueras tan imbécil, podrías estar disfrutando de una buena comida casera. Y si no recuerdo mal, algo extraordinario en tu caso.

Era cierto. Eleanor Ferguson no cocinaba.

–Decidí traerte la cena acompañada de un mensaje con la intención de volver a casa de mi madre inmediatamente –Mimi arrugó el ceño–. Lo malo es que ahora voy a ir directamente a mi casa en vez de volver a tiempo del postre con mi familia.

Chase notó que Mimi se estaba arrepintiendo de haber ido. Si algo caracterizaba a Mimi era su falta de hipocresía. Nunca había sido hipócrita, insensible ni rencorosa.

—Háblame de tu trabajo, de lo que haces –dijo él volviéndose para destapar los envases.

—Bueno... Soy directora del departamento de estudiantes de la Sociedad de Montana para la Conservación del Medioambiente. Trabajo con adolescentes la mayor parte del tiempo, pero ahora también estoy a cargo de una campaña sobre reciclaje en conjunto con un complejo de viviendas de la zona.

Chase puso la comida en el microondas y apretó un botón.

—Una de las muchas campañas en las que estoy involucrada –añadió Mimi.

—Eres igual de apasionada que hace diez años –Chase sacó dos tenedores de un cajón y los puso encima de la isla.

—El mundo necesita más gente como tú –comentó Chase.

—Gracias.

Después de calentar la comida en el microondas, Chase puso los envases encima de la isla, entre Mimi y él, agarró una botella de vino y dos copas y se sirvió una.

Mimi puso un dedo en la boca de la botella cuando él fue a servirle.

—No, tengo que conducir, me marcho ya.

—No puedo permitirte hacer eso –Chase echó vino en la otra copa y la colocó delante de Mimi. Ella frunció el ceño. Él le ofreció un tenedor. Mimi sacudió la cabeza.

–Ya he cenado. Esta comida es para ti.

Chase clavó los ojos en los de la mujer que le había amado, en la mujer a la que había querido con locura.

–Gracias.

Chase pinchó un trozo de pavo con el tenedor y lo cubrió con puré de patata y relleno, después lo mojó en salsa de arándanos, se lo llevó a la boca, cerró los ojos, saboreándolo, y lanzó un gemido de placer.

Sin volver a mirar a Mimi, repitió la operación.

Capítulo Seis

Ver a Chase comer era casi pornográfico. Aunque quizá fuese porque no salía mucho.

Mimi se mordió el labio inferior mientras le veía comer y gemir. Se le hizo la boca agua, no por la comida, sino por él. Esos gemidos le recordaron el tiempo compartido. Desnudos.

Y ahí estaba, otra vez desnuda delante de él, metafóricamente. Chase se había dado cuenta, antes de ser capaz de reconocerlo ella misma, que había ido no solo a ponerle en su sitio, sino a llevarle comida del día de Acción de Gracias porque, de lo contrario, se habría sentido fatal.

Con mano viril, Chase agarró la copa de vino, revolvió el líquido y bebió. Mientras le miraba la garganta, la suya se secó. Era una escena demasiado erótica para una mujer que, últimamente, no se acostaba con nadie.

Cerró las manos en dos puños cuando el deseo hizo que los muslos le temblaran. Ahora sí quería vino. Y rozarle, aunque solo fuera una vez.

Chase dio otro bocado y después empujó la copa de vino hacia ella. Una ofrenda.

Una ofrenda que Mimi no podía aceptar.

–Bueno, me marcho ya –no podía continuar allí un minuto más.

Cuando agarró el abrigo y se puso en pie, Chase le agarró una mano. Le acarició los dedos antes de apretárselos ligeramente mientras la miraba con fijeza.

–Te acompañaré a la puerta –dijo él por fin.

–No es necesario.

Chase se puso en pie y, poniéndole una mano en la espalda, la acompañó. Al otro lado de la puerta, se oía el viento golpeándola. ¿Se habría demorado demasiado?

–Para que lo sepas, no quiero que te vayas.

Lo que Mimi habría dado por oír esas palabras en el aeropuerto diez años atrás.

–No me va a pasar nada.

–Eso no lo sabes. ¿Cómo estaba la colina?

Mimi se encogió de hombros sin mirarle. Le había costado mucho llegar allí. No quería ni pensar en cómo estaría el camino cuesta abajo.

–Mimi…

El móvil de Chase sonó en ese momento y él contestó la llamada. En su mayor parte, respondió con monosílabos, por lo que ella no pudo adivinar con quién estaba hablando.

–Entiendo. Gracias. Sí –así, hasta la despedida–. Lo mismo digo, Emmett.

–¿Emmett? –Mimi empequeñeció los ojos–. ¿Tu amigo Emmett? ¿El que tuvo varias aventuras amorosas aquí en Bigfork cuando tú y…?

«Cuando tú y yo estábamos juntos». Pero no lo dijo.

–Sí, el mismo.

–Me alegro de que sigáis siendo amigos.

Aquel verano, mientras ella había estado con Chase, su amiga Mandie había tenido una aventura amorosa con Emmett, que había durado solo una noche. Hacía siglos que no pensaba en Mandie, y se preguntó qué habría sido de ella. Por aquel entonces, Mandie ya le advirtió que no se encaprichara con Chase, pero ella había ignorado el consejo.

–Quédate –Chase le lanzó una tentadora invitación con la mirada.

–No –respondió ella.

Mimi abrió la puerta, pero la fuerza del viento la empujó hacia atrás mientras la nieve se arremolinaba alrededor de sus pies y sus mojados dedos se soltaban del pomo.

Chase la agarró y cerró la puerta. Ella se quedó allí, rodeada por un brazo de él, agarrada a la camisa de Chase y casi ahogada en el verde lago de aquellos ojos.

–No puedo quedarme.

Tras esbozar una radiante sonrisa, Chase la soltó y después lanzó una carcajada y se alejó.

Murmurando una protesta, Mimi colgó su abrigo de una percha en el armario de la entrada. A continuación, siguió a Chase. Lo encontró en medio del cuarto de estar encendiendo un televisor. Una emisora local estaba dando el informe meteorológico en Bigfork. Una mujer de rostro enrojecido confirmó sus temores:

–Viajar en estas condiciones es sumamente peligroso –anunció Gale Schneider, la presentadora–. Las autoridades de Montana aconsejan no viajar de no ser absolutamente necesario. Aquellos que se encuentren en la carretera deben refugiarse en la gasolinera o el establecimiento más próximo y esperar allí a que pase la tormenta de nieve.

—La madre naturaleza y el informe meteorológico están de acuerdo conmigo —le informó Chase—. No vas a ir a ninguna parte, te quedas aquí. No tiene sentido que te vayas a tu casa.

Le irritó que Chase tuviera razón.

—¿Necesitas algo del coche? —dijo él en tono bajo y seductor.

—Sí, mi bolsa con las cosas para pasar la noche —no la había llevado a la casa de su madre porque, al salir del coche, había tenido que llevar las tartas de batata; después, nada más entrar en la cocina, la habían puesto a trabajar.

—Bien. Dame las llaves del coche —dijo desde delante del armario de la entrada, del que sacó una chaqueta.

Después de repetir una y otra vez a su familia que se encontraba bien, Miriam cortó la comunicación y se quedó contemplando el paisaje nevado a través de los cristales de una ventana.

Desde el cuarto de estar, al que se bajaba por unos escalones, apenas podía ver más allá del porche. Sabía que, más abajo, estaba el lago. En su otra vida, había estado en bikini en esa parte de la playa ahora propiedad de Chase, haciendo el amor con él.

La reacción de Kristine había rayado en lo cómico al enterarse de que estaba en casa de Chase.

—¡No te acuestes con él! —había exclamado su hermana.

–Solo si me juras que no vas a contarle a nadie que estoy aquí –había contestado ella en voz baja, a pesar de que Chase se había encontrado en la cocina.

La nieve golpeó los cristales de las ventanas. Sí, estaba atrapada.

–Última oportunidad –dijo una voz aterciopelada a sus espaldas.

Miriam parpadeó y, al volverse, le vio ofreciéndole un plato con un trozo de tarta de batata.

–¿Te ha gustado? –le preguntó ella.

–Exquisita.

–Si te ha gustado tanto, ¿por qué me ofreces el último trozo?

–Un caballero debería haberte ofrecido el primer trozo, Mimi. ¿Con qué clase de hombres has estado saliendo estos últimos diez años?

–Mejor ni te cuento –respondió ella con una carcajada.

–¿Lo compartimos? –preguntó ella aceptando el tenedor que Chase le había ofrecido.

–No esperaba menos de ti –sin más, parecían tan amigos.

–Vamos a sentarnos.

Se acoplaron en un sofá de cuero marrón. El uno al lado del otro. Una pierna de Chase rozó una suya.

Ignorando el vuelco que le dio el corazón, Mimi se metió un trozo de tarta en la boca.

–Para ser la primera vez que preparo tarta de batata, no está mal.

–Está perfecta.

–¿Qué haces aquí, en Bigfork?

Chase terminó de masticar antes de responder.

—Supongo que no te quedarías satisfecha si te dijera solo que he venido de vacaciones.

—No.

—Iba a venir de todos modos, pero justo antes de las vacaciones me dieron una foto tuya. Si se publicara ese artículo y los medios de comunicación se enterasen de que estoy en la misma ciudad que tú, sería un auténtico circo.

—Pero, de todos modos, has venido.

—No tomo decisiones basándome en lo que puede que ocurra —respondió él antes de meterse otro trozo de tarta en la boca.

—Supongo que podría afectarte negativamente.

—Digamos que resultaría… conspicuo. Pero no tengo nada que ocultar, nada que la prensa pueda utilizar en mi contra. ¿Y tú?

Capítulo Siete

Aparte de sentarse en la rama de un árbol en el parque Mountainway para evitar que lo cortaran, o conducir quince kilómetros rebasando el límite de velocidad, o bañarse desnuda con Chase en el lago Flathead, Miriam no solía quebrantar la ley. Suponía que Chase habría estado en contra de salvar el árbol, pero no le habría censurado rebasar el límite de velocidad. En lo referente a bañarse desnuda en el lago, conocía muy bien la opinión de él, totalmente en contra. Pero después de animarle, Chase había acabado desnudándose también y tirándose al agua; al volver a sacar la cabeza sobre la superficie, su sonrisa había sido deslumbrante.

No habían estado de acuerdo en todo y habían discutido sobre muchas cosas durante el tiempo que habían estado juntos. Chase no había tenido una opinión en contra de la industria del petróleo y ella, al poco tiempo, se había enterado del porqué. Pero se habían llevado bien, habían hecho el amor y habían pasado la mayor parte del tiempo mirándose a los ojos, como si no hubieran podido creer haber encontrado a la pareja de su vida.

Al menos, eso era lo que a ella le había ocurrido.

–Ahora sí me apetece una copa de vino –Miriam se levantó del sofá y se dirigió a la cocina.

Una copa de vino tinto le calmaría los nervios, aunque no lograría borrar los recuerdos. De todos modos, agarró la copa que Chase le había servido antes y bebió un buen sorbo.

Chase apareció en la cocina con el plato vacío, que dejó en el fregadero, sosteniendo su copa.

–¿Qué habrías estado haciendo ahora de no estar aquí atrapada conmigo?

«Atrapada», interesante forma de calificar su situación. El siguiente sorbo de vino le supo mejor que el primero.

–Mi hermano y mis dos hermanas y sus respectivas parejas deben estar jugando a algún juego de mesa. El monopoly lo dejamos para el final, para cuando ya hemos bebido más de la cuenta.

–Ah, el Monopoly. Consigue enemistar hasta a los mejores amigos.

Miriam frunció el ceño. No podía imaginar a Chase participando en un juego de mesa; a menos que fuera *backgammon* o ajedrez, u otro tipo de juego apropiado para los ricos.

–Bueno, ¿y tú? ¿Qué has estado haciendo durante estos últimos años? –Miriam se sentó en uno de los taburetes y apoyó un codo en la isla de la cocina.

Sin sentarse, Chase plantó ambas manos en la superficie del mueble y la miró fijamente antes de contestar.

–Fui delegado del ayuntamiento durante un tiempo, trabajando en el departamento de trabajos públicos. Otra temporada la pasé de director de una cosa y otra en Ferguson Oil –Chase arqueó las cejas–. Ya sabes, destrozando el medioambiente y demás.

–La industria petrolífera no es mejor para el planeta que la industria del ganado vacuno, Chase. Lo sabes perfectamente.

–¿Qué te gustaría que hiciera mi familia, Miriam? ¿Querrías vernos dejándolo todo para montar una industria de productos veganos?

Miriam se sintió enrojecer. Pero decidida a no enzarzarse en una discusión sin sentido, como en el pasado, ya que no harían el amor para hacer las paces, señaló la botella de vino.

–Este vino es muy bueno. ¿Uno de tus preferidos?

–Sí, uno de mis preferidos. Agarré una docena de botellas de mi bodega y las he traído.

–¿En tu avión privado? –preguntó ella con un bufido.

–Sí. Y, nada más aterrizar, me compré un coche –dijo él completamente en serio.

–Resuelves los problemas con facilidad.

–Si no recuerdo mal, no solías protestar mucho de mi situación económica.

A Miriam se le encendió el rostro. Chase tenía razón, no había sido un problema para ella la situación económica de Chase. ¿Por qué iba a haberlo sido? Chase le había pertenecido. Ella había estado demasiado ocupada construyendo castillos en el aire como para preocuparse porque él fuera rico.

Miriam bebió otro sorbo de vino y, sin mirarle, dijo:

–Perdona. He sido una maleducada.

–Vamos, cuéntame más sobre tu trabajo –dijo Chase, tratando de suavizar la situación al tiempo que agarraba su copa.

–Trabajo mucho al aire libre; sobre todo, durante los meses de verano. Durante el invierno, planifico las actividades de la primavera y el verano con los chicos, y trazo los itinerarios. También ayudo en la reserva natural.

–Salvando el mundo.

–¿Qué tiene eso de malo? –le espetó ella.

–Nada –respondió él en tono sincero–. Tú intentas salvar el mundo a tu manera. Yo también lo hago, a mi manera.

Miriam apretó los labios, prefiriendo no decir nada.

–Me dedico a acorralar a los tipos malos, a apartarlos –añadió Chase–. A los que intentan aprovecharse de los fondos públicos, a los que se dejan sobornar.

Miriam nunca había pensado en eso.

–El año pasado, mi hermana Stefanie me ayudó a organizar una coleta con el fin de conseguir dinero para familias que no podían tener hijos y querían adoptar –Chase ladeó la cabeza, los ojos le brillaron–. ¿O también te parece mal que apoye a los huérfanos?

No, no le parecía mal. Y ese era el problema. No podía reprocharle nada, lo que significaba que volvía a gustarle. Y que Chase le gustara solo la conduciría… al desastre. No podía permitirse correr ese riesgo.

–Escucha, Mimi, no es necesario que hagamos las paces, teniendo en cuenta lo que ocurrió en el pasado –dijo él, leyéndole el pensamiento–, pero sí tenemos que pasar el resto de la tarde juntos. ¿Qué te parecería si charláramos de cosas en las que estamos de acuerdo y obviamos el resto?

–¿Hay algo en lo que estemos de acuerdo? –Mimi vació su copa de vino, clavó los ojos en la botella y se debatió entre tomarse otra copa.

–Por el momento, pensamos lo mismo respecto a dos cosas: el vino y las tartas de batata.

Chase agarró la botella y le llenó la copa mientras ella contemplaba sus fuertes dedos y su piel bronceada. ¿Cómo podía ser ese hombre tan atractivo?

–Voy a encender la chimenea –dijo él–. Tú relájate. Ah, y, aparte de la habitación del ático, que es la mía, puedes elegir la que quieras del resto.

Chase dejó a Miriam y se fue a encender la chimenea. Ella había desaparecido por el pasillo y se había negado a que la ayudara con la bolsa, al igual que había rechazado su oferta de enseñarle la casa y ayudarle a elegir habitación.

Después de que prendieran los leños en el hogar, Chase se quedó donde estaba, sentado en la alfombra. Se quitó las zapatillas de deportes y agarró su copa de vino.

Mimi había estado arisca y huraña con él, al igual que amable e indecisa. Suponía que Mimi habría preferido presentarse allí para insultarle, pero nunca había sido capaz de mostrarse realmente cruel. Se preguntó si era eso lo que pensaba de él por cómo la había tratado años atrás. Con crueldad.

Por aquel entonces, a Chase le había parecido más cruel apartar a Mimi de su familia y de su ciudad natal y arrastrarla al mundo de la política y del petróleo, algo que Mimi había detestado y, claramente, seguía detestando.

Se había quedado perplejo al verla delante de la puerta de su casa, pero no había tardado mucho en comprender que Mimi no iba a marcharse sin pedirle explicaciones respecto al pasado. No obstante, no era ella sola quien debía enterrar el hacha de guerra.

Chase había mentido al decir que pensaban lo mismo respecto a dos cosas. Había una tercera: la cama. O en la playa. En el coche. Y también estaba seguro de que seguiría siendo así si probaban.

Tras esa urgencia de ponerle en su sitio, Mimi seguía siendo tierna y cariñosa. La misma generosa mujer que le había abierto un mundo desconocido para él. Mimi nunca había sido un ligue de verano.

Y quizá ese había sido el problema. Se habían tomado demasiado en serio la relación durante esos meses robados de verano. Se había encontrado con una mujer única, sin igual.

No obstante, todo había sido una ilusión, un espejismo. Y, como todo espejismo, había tenido un fin.

El ruido de una puerta al cerrarse le devolvió al presente. Después, el sonido de una ducha le hizo evocar imágenes de Mimi desnuda: delgada, esbelta, largas piernas y altos y redondos pechos.

Daría cualquier cosa por volver a tener en sus brazos a esa apasionada mujer y…

–¡No! –exclamó en voz alta.

No obstante, no pudo evitar que una parte de su cuerpo cobrara vida al imaginarse encima de Mimi, o debajo de Mimi.

–¡Maldita sea! –exclamó una vez más lanzando un suspiro.

Por imposible que fuera en las circunstancias en las que se encontraban, la deseaba tanto como cuando la vio por primera vez, en la concurrida playa, diez años atrás. Por aquel entonces no había sido capaz de resistirse a esa confusa mezcla de sensibilidad y fuerza que Mimi era. Y ahora, después de que ella se marchara de su casa, lo más probable era que transcurrieran otros diez años con el mismo resultado.

Y no era solo él quien había notado esa chispa entre los dos.

Mientras comían la tarta de batata, ella no había apartado los ojos de su boca. Él había deseado saborear los labios de Mimi y al demonio con las consecuencias, pero se había contenido.

Iba a esperar a que se presentara el momento oportuno. Entonces, sin duda alguna, procedería.

Capítulo Ocho

Después de una ducha, Miriam salió del cuarto de baño con el pelo seco, ya que se lo había lavado el día anterior, unos pantalones de pijama de rayas y una camiseta grande con el logotipo de la universidad del Estado de Montana. Decidió no ponerse sujetador, pero, no iba a engañarse, no le hacía falta.

Con unos calcetines por todo calzado, salió del dormitorio que había elegido. Un dormitorio con cama doble y un sillón junto a la ventana, un televisor encima de la cómoda y, por supuesto, baño privado. Como en los hoteles.

Encontró a Chase en el sofá delante de la chimenea, con las piernas cruzadas a la altura de los tobillos mirando la pantalla de su móvil. La escena era acogedora y parecía muy cómodo.

Quizá por eso, Miriam se acercó a la isla de la cocina, agarró su copa de vino y se sentó en el sofá frente al que ocupaba él.

—¿Sueles acostarte tarde o solo cuando estás de vacaciones? —preguntó Miriam mientras él dejaba el móvil encima de una mesa de centro de metal y madera que era moderna y rústica a la vez.

—¿Estás acaso cuestionando mis costumbres nocturnas?

–No tengo derecho a juzgar lo que haces por las noches –respondió ella. «Ni con quién lo haces». Aunque la idea de Chase con otra mujer no le hizo ninguna gracia.

–En cualquier caso, no debe importarte que yo pase noches enteras leyendo biografías o informes municipales –Chase esbozó una burlona sonrisa–. ¿Y tú?

–Suelo acostarme tarde y no me gusta levantarme temprano –respondió ella.

–Dime, ¿qué habitación has elegido?

–La pequeña que está cerca de la cocina. La que tiene baño.

–¿La de la ducha de piedra?

–Sí, esa –con paredes de piedra y un cristal que separaba la ducha del resto del cuarto de baño.

–Ahí me duché yo el día que llegué.

La idea de compartir una ducha con él, aunque no juntos, la hizo temblar. Bebió otro sorbo de vino.

–Me pareció un desperdicio usar solo la ducha de mi habitación.

–Supongo que tu cuarto es el más grande, ¿no?

–Sí, es el más grande. Tiene una zona de estar y vistas al lago. También tiene una chimenea en un rincón. Luego te la enseño.

A Miriam le habría gustado creer que el brillo de deseo en los ojos de Chase era un producto de su imaginación, pero no era así, era real. El oscurecimiento de los ojos de él le produjo un intenso calor.

–Tenía pensado encender esa chimenea y pasarme el fin de semana tumbado en la cama.

Sí, las mejillas le ardieron al imaginar a Chase en

calzoncillos, las sábanas apenas cubriéndole el torso desnudo…

—Pero ahora que tú estás aquí, ya no me apetece.

—Por mí no te preocupes, vete cuando quieras a tu habitación —Miriam se aclaró la garganta—. Sé que tienes todo lo necesario para hacer bocadillos de queso y que también tienes pizza congelada. Y, por supuesto, debe haber huevos en la nevera.

—En lo de los huevos te equivocas, yo no como huevos.

—¿En serio? —Miriam trató de recordar si le había visto comiendo huevos alguna vez—. ¿Nunca los has comido?

—Casi nunca. Me alimento a base de batidos de fruta a los que les echo unas proteínas en polvo, también como tostadas con aguacate. Frutos secos y frutas secas encima del yogur.

Ambos se echaron a reír.

—Alcalde, me estás dejando boquiabierta —con ese comentario y las risas, el ambiente se relajó.

—No puedo correr el riesgo de hacerme viejo y engordar, o arriesgarme a que me dé un infarto como a mi padre —la sonrisa de Chase se desvaneció, igual que la de ella.

—¿Tu padre tuvo un infarto?

—Y cirugía —respondió él asintiendo—. Ahora está mejor, pero me afectó mucho verle ingresado en el hospital.

De repente, Chase se puso en pie y añadió:

—Por cierto, tengo una sorpresa para ti.

—¿Y eso?

Sin contestar, Chase se acercó a un mueble al otro extremo de la estancia. En las estanterías dentro del mueble había mantas dobladas, unos cojines y juegos de mesa. Cuando Chase cerró la puerta y se volvió hacia ella, sujetaba una caja.

–¿Un Monopoly? –la caja parecía nueva, aunque sin envoltura de celofán.

–Mientras estabas en la ducha, me he puesto a rebuscar y sí, he encontrado un Monopoly –Chase dejó el juego encima de la mesa de centro y lo destapó–. No sabía que hubiera juegos de mesa en esta casa. ¿Te apetece jugar una partida?

–¿No considerabas ese juego una manera segura de romper relaciones?

–Sí, así es. Pero nuestra relación acabó hace mucho, así que no tiene por qué afectarnos –la mirada de él se suavizó–. O quizá pueda tener el efecto contrario, quizá nos haga acabar compartiendo la cama mientras estés aquí.

Miriam, atónita, lanzó una carcajada.

–¿Más vino antes de empezar la partida? –preguntó Chase como si no hubiera mencionado la cama.

–Agua –no estaba dispuesta a beber más alcohol dado el peligroso rumbo de sus pensamientos.

Una hora más tarde, Miriam vio claramente que iba a perder la partida. Chase tenía hoteles por todas partes.

–Estás a punto de rendirte –observó él–. Lo veo en tu cara.

–Eso jamás –Miriam empequeñeció los ojos y él sonrió maliciosamente.

–Como quieras –Chase dejó los dados en el tablero, sin tirar, y compró unas cuantas casas más. Después, tiró los dados y acabó en una propiedad que ya era suya.

Cuando le tocó el turno a ella, cayó en una de las propiedades de Chase después de que hubiera añadido otra casa.

–¿Te rindes? –preguntó Chase cruzándose de brazos.

–Me rindo –respondió ella apretando los dientes.

Miriam comenzó a recoger el juego y él lanzó una ronca y suave carcajada.

–¿Qué te resulta tan gracioso?

–Nada –Chase se pasó la lengua por los labios y se puso a ordenar las tarjetas–. No eres una buena perdedora, Mimi.

–A nadie le gusta perder, Chase –respondió Mimi ya menos irritada por haber perdido. Chase estaba relajado y contento, su humor era contagioso.

Cuando el juego estuvo en la caja, Chase se levantó y lo guardó. Después, volvió donde estaba ella, le ofreció una mano y la ayudó a levantarse. Ella aceptó la ayuda y, al sentir los cálidos dedos de Chase alrededor de los suyos, otras partes de su cuerpo se calentaron.

–¿Tienes todo lo que necesitas para pasar la noche? –le preguntó Chase. Y cuando ella asintió, Chase alzó una mano y le acarició la mejilla.

–Siento mucho que lo nuestro acabara tan mal, Mimi.

–Y yo –admitió ella.

Mientras se miraban a los ojos, Chase le dio un apretón en el hombro.

–Lo único que podía hacer en aquel momento era desearte lo mejor.

Aquellas palabras le dolieron. Había una chimenea encendida, habían tomado vino y se habían divertido jugando; pero, entre ellos, también había diez años de dolor y sentimiento de pérdida.

–¿Solo podías haber hecho eso? –dijo Miriam en tono de reproche–. Me obligaste a subir a un avión el mismo día que me llevaste a Dallas. Ni siquiera me ofreciste un lugar donde pasar la noche.

–¿Qué sentido habría tenido llevarte a mi casa conmigo? –dijo él con expresión de sinceridad.

–Yo te quería, Chase. Era lo menos que podrías haber hecho –respondió ella casi gritando.

–¿Te habría parecido bien romper contigo y después llevarte a mi casa y acostarnos juntos? –dijo él con calma–. Estabas muy disgustada, tenías que volver a tu casa, a tu ambiente. No habría servido para nada que te hubieras quedado allí, llorando.

A Miriam le entraron ganas de chillar o darle una bofetada. O las dos cosas. Pero se contuvo y respiró hondo. Se trataba de una vieja discusión que no resolvería nada.

Para ella, que Chase la hubiera enviado de vuelta a su casa había sido una traición. Al ir a Dallas, había creído que su relación era seria y duradera, y había pensado que a Chase le ocurría lo mismo. Que sentía lo mismo que ella.

Pero todo había acabado después de la cena con los padres de Chase, después de que Eleanor expusiera claramente su opinión sobre su relación. Y Chase, sin titubear, la había dejado plantada en ese mismo momento.

Capítulo Nueve

–Mi madre tiene razón –le dijo Chase desde el asiento del conductor del Porsche negro.

Miriam aún no sabía desenvolverse entre tanta opulencia ni había asimilado del todo que la familia de Chase fuera propietaria de una empresa de petróleo, una de las mayores.

–¿En qué sentido? –Miriam dejó de buscar el protector labial que llevaba en el bolso y volvió la cabeza para mirarle.

–En lo referente a mi carrera profesional. Este verano no he pensado en ello –Chase se volvió hacia ella con expresión de ternura y consternación en la voz.

A Miriam le dio un vuelco el corazón, pero forzó una sonrisa. Después, le agarró la mano y dijo:

–No, no tiene razón, está equivocada. Vas a ser un político extraordinario y nadie, y mucho menos Mimi Andrix de Bigfork, Montana, va a ser un obstáculo para ti. La gente, al vernos juntos, se va a dar cuenta de que lo nuestro es auténtico. ¿Cómo podrían no darse cuenta de ello?

Miriam le apretó la mano y mantuvo la sonrisa, pero él seguía consternado.

–Ojalá fuera verdad –Chase apartó la mano y agarró el volante–. Desgraciadamente, no puedo ignorar el hecho de mi posición dentro de una familia propietaria de una de las empresas petrolíferas más grandes del país. No puedo evadir mi responsabilidad tanto en lo que a mis padres se refiere como a mi carrera política. Me importan los ciudadanos de esta ciudad, de mi ciudad.

Miriam quiso preguntarle si ella también le importaba, pero temía la respuesta. Era como si Eleanor le hubiera ordenado lo que tenía que decir. Ese no era su Chase, el Chase que la había desnudado y le había hecho el amor en un avión privado con dirección a Texas. Su Chase había estado con ella en la cama y le había dicho lo hermosa que era antes de besarle todo el cuerpo.

—Me estás asustando —confesó Mimi.

—Dime, ¿vas a dejar Montana para venir a vivir aquí? ¿Vas a casarte conmigo? ¿Qué pasará durante las campañas electorales cuando me presente como candidato a la alcaldía y para ser gobernador? ¿Qué pasará cuando otros candidatos averigüen que has fumado porros en la universidad? ¿O si resulta que alguien ha sacado fotos de la noche que nos bañamos desnudos en el lago o cuando hicimos el amor en la playa?

—Todo eso me da igual —respondió Mimi con desesperación, pero no le importó. No iba a pensar en esas cosas. Lo que habían compartido había sido algo muy hermoso, el comienzo de una vida juntos—. Te quiero.

—Me querrás menos cuando los medios de comunicación involucren a tus padres y hermanos. Cuando comiencen las campañas políticas y…

–Estás imaginando problemas que no existen, Chase. En este momento, has terminado la carrera de abogacía. Podrías acabar trabajando en la empresa petrolífera de tus padres el resto de tu vida.

–¿Y eso no te importaría? –Chase le lanzó una mirada penetrante.

Miriam nunca había sido partidaria de los corruptos monopolios del petróleo, pero quería a Chase demasiado para permitir que su situación familiar le separase de ella.

–Yo también te quiero, pero mejor parar de momento. Debemos pensar las cosas fríamente.

–¡No hay nada que pensar! –gritó ella en el interior del coche.

–Este verano… nos hemos dejado llevar por la corriente, pero no hemos pensado bien las cosas –Chase clavó los ojos en el parabrisas–. Yo no he pensado en las consecuencias de mis actos.

La discusión había continuado, Chase cada vez más firme en su posición y ella más emocional. Poco tiempo después, Chase llamó al piloto que les había llevado a Dallas aquella mañana.

–Buenas noches, Chase –dijo Miriam con el recuerdo de aquella tarde fatídica aún en la mente.

Había muchas cosas que deberían haberse dicho. Muchas cosas que no deberían haber dicho. Diez años atrás, Chase lo había significado todo para ella; ahora, Chase estaba muy lejos de ella.

Acompañada de esos dolorosos recuerdos, Miriam se dirigió a su dormitorio para llorar a solas la pérdida de lo que podría haber sido.

Chase echó la cabeza hacia atrás y se quedó contemplando las vigas del techo. Había querido decir a Mimi que, ahora que estaba ahí, quería acostase con ella otra vez. Al menos, deberían haberse besado y, aunque no se hubieran desnudado, él con los labios alrededor de los pezones de Mimi y los dedos tocándola íntimamente.

Frustrado, decidió dejar de darle vueltas a la cabeza. Estaba harto de pensar. Se dirigió al cuarto que Mimi había elegido, se detuvo delante de la puerta y alzó un puño para llamar.

Antes de que le hubiera dado tiempo a llamar a la puerta, esta se abrió. Mimi, sorprendida, dio un salto.

–Hola –dijo Chase bajando la mano.

–Hola –Mimi cruzó los brazos a la altura de sus pequeños pechos–. Se me había olvidado traer una botella de agua. Me gusta tener agua en la mesilla de noche.

–Siento mucho lo que pasó entre nosotros en Dallas, Mimi. Te aseguro que no quería hacerte sufrir. Me dolió mucho hacerte volver a casa, pero no me quedaba otro remedio…

–Déjalo estar, Chase. No quiero que me digas que tenías que pensar en tu carrera profesional, en los negocios o en cualquiera de las cosas que eran más importantes que yo para ti.

Sí, había hecho todo eso, pero había sido para proteger a Mimi. Lo había hecho por ella. Evidentemente, Mimi no estaba dispuesta a escucharle.

–Soy perfectamente capaz de cuidar de mí misma, Chase. Ya no tienes que preocuparte por mí. Además, aquel día accedí a marcharme, no tuviste que llevarme a rastras hasta el avión.

–Accediste porque yo te lo pedí –dijo Chase, sintiendo arrepentimiento, algo impropio de él–. Te aparté de mí.

Los oscuros ojos de Mimi se clavaron en los suyos.

–Me resultaría muy fácil culparte de todo lo que pasó, pero la verdad es que… había empezado a preguntarme si lo nuestro no sería un sueño, algo irreal. No quería perderte, pero no quería marcharme de Montana. En el coche, me dejaste destrozada, de eso no cabe duda, Chase, pero… pero estaba empezando a tener dudas respecto a nuestra relación.

Mimi le puso las manos en el pecho y añadió:

–No puedo permitir que te consideres el único culpable de lo que pasó. Puede que lo fueras en gran parte, pero no en todo.

Impulsivamente, Chase cubrió la mano de Mimi con la suya y el corazón comenzó a latirle con fuerza. Entonces, se acercó más a ella y le puso la otra mano en el hombro. Bajó la cabeza, contento de que Mimi hubiera alzado la suya para recibir su beso. Cerró los ojos y sintió el aliento de ella.

Sus labios se rozaron. Con suavidad, la hizo abrir la boca y le acarició la lengua con la suya. Al ir a profundizar el beso, Mimi se apartó.

–Esto es una tontería –susurró ella.

–No sé, a mí no me parece mal.

Los dos sonrieron. Chase le apartó el oscuro cabello del rostro.

–Tenía ganas de besarte desde el día que te vi en el mercado –dijo él.

–Habría sido un poco raro que me besaras allí –comentó ella arqueando las cejas.

Chase respiró hondo y dijo lo que llevaba horas queriendo decir:

–Te lo juro, Mimi, si te acuestas esta noche conmigo, no te arrepentirás.

Al instante, la expresión de Mimi ensombreció y apartó la mano de él.

«Me he precipitado».

–Espera, no quería…

–Hagamos como si no hubieras dicho nada –le interrumpió ella.

Entonces, Mimi salió al pasillo y se puso en camino hacia la cocina.

«Maldita sea», pensó Chase viéndola alejarse.

Capítulo Diez

La nieve seguía sin dar tregua. Un hermoso inconveniente, una pequeña interrupción en una vida maravillosa. Tenía mucho de lo que estar agradecida, algo que no había dejado de recordarse a sí misma la noche anterior al lamentarse porque no iba a poder disfrutar el viernes negro con sus hermanas.

Había llamado a los móviles de Kristine y Wendy, pero no había obtenido respuesta. Debían estar comprando o desayunando en algún café.

Después de enviar un mensaje por el móvil pidiendo que le compraran algo bueno y a buen precio, tiró el móvil encima de la cama y se vistió.

Mientras se dirigía a la cocina para prepararse un café, trató de convencerse de alegrarse de que Chase no hubiera ido a su habitación a terminar lo que había iniciado. Pero pensar era una cosa y otra muy distinta sus hormonas.

Hacía bastante que no se acostaba con nadie. Hacía aún más tiempo que no había hecho el amor satisfactoriamente. A pesar de ello, la noche anterior había resistido la tentación de aliviar los exigentes latidos que había sentido en la entrepierna.

En la cocina, encontró un paquete de café y se preparó una taza en la moderna cafetera. Necesitaba cafeína después de haber dormido solo tres horas. Chase aún no parecía haberse levantado, pero sospechaba que él tampoco debía haber dormido bien.

Optó por darse un paseo por la casa mientras se tomaba el café. Comenzó con la planta baja: el cuarto de estar en el que habían jugado al Monopoly, la cocina y, por supuesto, el dormitorio en el que había dormido, el más pequeño de los que había en ese piso y el único con cuarto de baño privado.

En piso el piso de arriba, encontró un cuarto de estar con las paredes cubiertas de estanterías, una mesa lateral con un tablero de ajedrez y dos sillas. Imaginó a Chase ahí sentado con el ceño fruncido y los dedos en la boca mientras pensaba en la ficha que iba a mover. La estancia era adecuada para él, pero los libros encuadernados en piel y algunas figuras decorativas en las estanterías parecían más un producto de decoración que la lectura que él habría elegido.

Desde la ventana de la biblioteca, que daba a la parte posterior de la casa, se veía el porche posterior y el lago cubierto de nieve. Sigilosamente, caminó por el reluciente suelo de madera, en dirección a una puerta; al otro lado de esta, podía verse el borde de la cama de Chase.

La luz inundaba aquella habitación, filtrándose por unos ventanales que iban del suelo al techo. Había ropa a los pies de la cama y unas zapatillas en el suelo, pero… ¿Dónde estaba Chase?

Se adentró en el dormitorio y acarició la cubierta azul y crema del edredón; después, rozó con los dedos la manga de la camisa de él. Imaginó a Chase en la cama, la noche anterior, pero ahora…

–¿Te arrepientes de haber elegido haber dormido en esa habitación de abajo? –preguntó Chase a sus espaldas.

Miriam se llevó una mano al corazón con el fin de calmar sus latidos.

–Me has asustado –respondió ella casi sin respiración.

Volverse de cara a él no la calmó. Chase estaba desnudo de cintura para arriba, descalzo, y unas gotas de agua le resbalaban por el pecho. Solo llevaba una toalla azul atada a la cintura.

–Estás mojado –fue lo único que se le ocurrió decir, las únicas palabras que pudieron escapar de su seca garganta mientras paseaba la mirada por ese glorioso torso.

–He ido a nadar y después diez minutos en el jacuzzi –respondió Chase adentrándose en su habitación–. Deberías hacer lo mismo.

Chase se quitó la toalla; debajo, no llevaba absolutamente nada. Miriam apartó los ojos e intentó no pensar en el tentador apéndice que colgaba entre las piernas de él.

Chase se dirigió a su cuarto de baño, en absoluto modesto mientras se secaba los brazos, el pecho y las nalgas. Ella no quería mirar, pero no podía evitarlo.

Chase tenía unas nalgas firmes y redondas, fuertes muslos y espalda musculosa. Los hombros anchos y bien definidos.

Chase comenzó a vestirse mientras hablaba con ella como si nada.

–He visto el informe meteorológico. Al parecer,

van a caer de quince a veinte centímetros más de nieve –después de los calzoncillos, Chase se cubrió el fabuloso pecho con una camiseta mientras ella seguía mirándole. Y él lo notó. Con una sonrisa, añadió–: Y mañana, de diez a doce centímetros; y pasado mañana, de cinco a siete.

Con unos vaqueros, la camiseta y una camisa azul marino no resultaba menos tentador.

–¿Cuándo crees que van a venir a rescatarnos? –logró preguntar Miriam.

–Nadie va a venir a rescatarnos. Sin embargo, han dado un teléfono al que llamar en caso de urgencia, por si alguien se queda sin calefacción o sin comida. De momento, tenemos las dos cosas. Aunque podría ocurrir que, a causa del peso de la nieve, hubiera problemas con el tendido eléctrico.

–Pero tú debes tener un generador, ¿no?

–Está estropeado –respondió Chase mientras acababa de abotonarse la camisa, dejándose el botón superior sin abrochar–. Pero hay chimeneas por toda la casa, así que no moriremos congelados.

–Podría echar un ojo al generador.

Chase la miró con expresión de incredulidad.

–Ya miré yo ayer. El tanque está lleno de combustible, pero no se enciende.

–Sí, pero yo sé arreglar un generador. ¿Y tú, sabes? –Miriam bebió un sorbo de café, dando tiempo a Chase para asimilar lo que acababa de decirle.

–No soy un experto.

–Pues yo ya he arreglado unos cuantos.

Chase se acercó a ella.

–¿Puedo? –Chase alargó una mano, pidiendo café con el gesto, y ella le dio la taza. Después de tragar y hacer una mueca de placer, le devolvió la taza–. Está buenísimo.

–A propósito, perdona que haya entrado en tu habitación, estaba viendo la casa.

–No hay problema –respondió él con voz ronca y seductora–. Siempre eres bienvenida a mi dormitorio.

–Muy gracioso, señor alcalde.

Chase sonrió, mirándola fijamente, y Miriam deseó decir que al demonio con todo. Quería sugerir que se desnudaran y se metieran en la cama. Podrían pasar el resto del día allí, o una semana entera. Pero no dijo nada.

–El café es una tentación; tú, una tentación mayor –Chase le alzó la barbilla con los nudillos de una mano y ella se perdió en el profundo gris y verde de aquellos ojos–. Pero, si no queda más remedio, me conformaré con una de las dos cosas.

Capítulo Once

–Un sándwich de queso tostado necesita un buen tomate maduro –Chase se volvió con un plato con tres sándwiches de queso, tostados a la perfección. Y a Miriam se le hizo la boca agua–. Sobre todo, si los tomates son de Texas.

–¿Has traído tomates de Dallas?

Chase le enseñó el tomate que tenía en la mano.

–En lo que se refiere a los tomates, no me fío de Bigfork –respondió Chase al tiempo que cortaba el tomate en rodajas.

–De todos modos, nada de tomate para mí. Soy muy conservadora para esas cosas. Solo queso.

–¿No te gustan los tomates? –preguntó él poniéndose unas rodajas en su sándwiches.

–Sí, pero no con queso fundido.

–Como quieras.

Miriam dio un bocado a su sándwich y, cerrando los ojos, lanzó un gemido de placer. Chase abrió la boca y dio un buen bocado. Después de masticar, declaró:

–¡Qué bueno está esto! Pero te prohíbo volver a gemir, a no ser que provoque yo el gemido.

Como tenía la boca llena, Miriam terminó de tragar y bebió un sorbo de agua antes de responder.

–Está bien. Creo que debemos hablar del beso.

–De acuerdo –Chase continuó comiendo.

–No puedes besarme y esperar que te corresponda.

–Me correspondiste. Además, no puedes impedirme que intente seducirte.

–¿Quieres seducirme?

–¿Crees que le ofrezco mi famoso sándwich de queso fundido a cualquiera? No, ni hablar. Solo a quien esté dispuesto a enfrentarse a una tormenta de nieve para traerme tarta –respondió él al tiempo que agarraba otro trozo de sándwich.

–Hablo en serio.

–Está bien, hablemos en serio –Chase se acabó el sándwich en tres bocados y se limpió la boca con una servilleta. Después de beber agua, plantó las manos en la isla de la cocina y clavó los ojos en ella.

Miriam empezó a sentir pánico, no sabía adónde mirar.

–Has venido aquí por algún motivo –dijo él–. Dime, ¿a qué viniste ayer?

–Te lo dije claramente, vine para dejar las cosas claras. Y también para que tomaras una cena decente el día de acción de gracias.

–¿Y en el fondo, Mimi? –preguntó Chase con expresión seria–. La verdad, ¿a qué viniste?

Chase le señaló a ella y después a sí mismo, indicando su mutua atracción con el gesto.

–Está bien –admitió Miriam–. Sí, todavía hay algo entre los dos, pero mejor ignorarlo.

–¿Por qué?

–Por si se te ha olvidado, nuestra relación acabó en un total y absoluto fracaso.

–No tenemos por qué cometer los mismos errores. Ahora ya somos dos personas adultas.

Miriam quiso argumentar que no estaba interesada en repetir la experiencia. Pero aunque tenía las ideas claras, su cuerpo se estaba derritiendo. Chase era toda una experiencia, una experiencia fantástica, algo que no podía decir del resto de sus experiencias sexuales.

–Lo que tú digas, señor alcalde –dijo Miriam sarcásticamente antes de darle otro mordisco al sándwich para así evitar responder.

Mimi estaba haciéndose la fuerte, de eso no cabía duda. Pero él sabía interpretar a la gente, por eso era un buen político. Y se daba cuenta de que, por mucho que la señorita Andrix negara que él seguía gustándole, Miriam quería averiguar hasta dónde podían llegar.

La noche anterior, al besarla, Miriam, temblando, se había aferrado a él. Pero tenía que andarse con cuidado, Miriam no se parecía en nada a las mujeres con las que había salido en los últimos diez años. A Mimi no le impresionaban su dinero ni su estatus social, sino todo lo contrario; para ella, esos eran inconvenientes. No, con Miriam debía ser completamente honesto si quería conseguir lo que ambos deseaban.

–Lo pasaríamos bien en la cama –dijo Chase–. Casi con toda seguridad, lo pasaríamos de maravilla. Pero, por supuesto, sería algo pasajero.

Chase fue a la despensa a por una bolsa de patatas fritas con el fin de darle tiempo a Mimi a asimilar lo que acababa de decirle. Al volverse, la vio con los ojos desmesuradamente abiertos y expresión burlona.

—¿Eso crees?

—No estoy jugando contigo, Mimi, no es mi estilo. Simplemente, estoy dejando clara mi posición. Si decides acostarte conmigo, yo encantado. Te quitaré esos ceñidos pantalones vaqueros y te tendré en mis brazos en un abrir y cerrar de ojos. Tienes dos opciones: darme la oportunidad de hacerte sentir un placer increíble o no hacer nada y esperar a que deje de nevar —Chase miró en dirección a la ventana—. Esos copos de nieve son como un reloj de arena; al final, dejarán de caer y se nos habrá acabado el tiempo.

—Sé muy bien lo que significa que se nos acabe el tiempo —no había rencor en la expresión de ella, sino resolución. No le sorprendía que Mimi se andara con cautela con él, un hecho que le había pasado desapercibido hasta ese momento.

—Siento mucho lo que te hice sufrir, Mimi. Siento mucho haberte obligado a subirte a ese avión diez años atrás. Fue tan…

—Inmaduro.

—No. Bueno, sí, éramos muy jóvenes, pero lo que había entre los dos era profundo. Y no era inmaduro. El hecho de que te haya propuesto que nos acostemos no es para entretenerme. Se trata de ti, Mimi. Y de mí. Y de aprovechar el tiempo que vayamos a estar juntos.

—Vamos a ver, ¿qué es esto? ¿Una negociación? —Miriam pasó las manos por la superficie de la isla—. ¿Dónde está mi contrato?

–Es una invitación, así de sencillo –Chase alzó el plato con el último sándwich–. ¿Un trozo más?

–No, estoy llena. Gracias.

Se hizo un prolongado silencio. Chase agarró el sándwich al mismo tiempo que Mimi se levantaba del taburete y se apartaba de la isla.

–Bueno, creo que voy a retirarme ya.

–¿A las ocho de la tarde?

–Sí –ella esbozó una forzada sonrisa–. Gracias por la cena.

–De nada.

Mimi agarró una botella de agua y se alejó, dejándole completamente confuso. ¿Había malinterpretado la situación? Había estado seguro de poder convencerla de que se acostaran; sobre todo, cuando ella prácticamente le había comido con los ojos por la mañana.

Le dieron ganas de ir tras ella, pero se quedó donde estaba. Diez años atrás, habían sido inseparables. Ella había ardido entre sus brazos con cada caricia, con cada beso. Pero intentar volver al pasado sería una equivocación.

Chase agarró una botella de vino, la descorchó y se sirvió una copa. No iba a darse por vencido, lo que tenía que hacer era cambiar de táctica. Miriam necesitaba espacio, él la necesitaba a ella.

Tendrían que llegar a un acuerdo.

Se quedó contemplando la nieve a través de los cristales de las ventanas. Aprovecharía hasta el último segundo de lo que la madre naturaleza quisiera darle.

–Que siga nevando –pensó con los ojos fijos la invernal escena.

Capítulo Doce

A Miriam le despertó un ruido al que estaba acostumbrada, ya que llevaba toda su vida viviendo en Montana. Era el ruido de una pala apartando la nieve. Se estiró y tembló, la habitación estaba más fría que el día anterior.

La noche pasada se había retirado a su dormitorio para pensar, o no pensar, como había ocurrido al final. Se había dedicado a ver vídeos de yoga en el móvil. Cualquier cosa con el fin de no pensar en Chase.

Se había alejado de él cuando, en realidad, había querido decirle que sí, que aceptaba su invitación. Chase había sido sincero; sin embargo, ella no había tenido el valor de hacer lo mismo.

–¿Por qué has sido tan cobarde? –al fin y al cabo, no podía evitarle mientras estaba allí, en casa de él.

Abrió un poco la cortina y le vio por la ventana. La nieve cubría parte de su gorro de lana y de su abrigo oscuro. Chase apartó con la pala más nieve y después se detuvo para descansar. ¿Cuánto tiempo llevaba ahí fuera?

Bien, era hora de levantarse y ponerse también a trabajar. Se puso unos pantalones de yoga debajo de los vaqueros, unos calcetines y las botas. Cuando acabó de abrocharse el abrigo, se dirigió al garaje; después de encontrar la puerta del garaje en aquella inmensa casa, lo que vio la hizo parpadear.

Ahí no estaba solo el coche con tracción a cuatro ruedas que Chase había comprado al llegar a Bigfork, también estaba su furgoneta. Chase había localizado las llaves de la furgoneta, había apartado la nieve y la había llevado al garaje.

–¿Qué estás haciendo? –preguntó ella al salir y reunirse con él.

El aire era gélido, pero eso no le impidió admirar el paisaje. Dio unos pasos y dirigió la mirada hacia el lago. Los pinos estaban cubiertos de nieve, las ramas cayendo bajo el peso de esta. El lago estaba helado; al menos, su superficie. Una ráfaga de viento hizo que la nieve revoloteara.

–Qué maravilla –Miriam suspiró.

–Sí, qué maravilla –repitió Chase, pero con los ojos fijos en ella–. Se me había olvidado el frío que hace aquí. La próxima vez, recuérdame que venga en verano.

–Has metido mi coche en el garaje. Has despejado el camino. ¿Estás tratando de deshacerte de mí?

–Sabes que eso no es verdad.

–He venido a ayudarte.

–Ya casi he terminado.

–Deberías entrar en la casa. Debes estar helado, no estás acostumbrado a este frío –Miriam se quitó un guante y le tocó el rostro–. Chase, estás congelado. Venga, ve adentro.

La sensualidad había cambiado su tono de voz sin pedirle permiso.

–¿Por qué no enciendes la chimenea? –preguntó ella.

–¿Vas a decirme que una mujer como tú, de estas tierras, no sabe encender una chimenea?

–Claro que sé, pero quiero que lo hagas tú. Así entrarás en calor.

Sin esperar respuesta, Miriam se dio media vuelta, entró en el garaje, pasó por entre los coches y se adentró en la casa. Con satisfacción, vio que Chase decidió no quedarse ahí fuera para demostrar que podía despejar completamente el camino. Él la siguió.

«Vaya, esto es nuevo».

Por mucho que se resistiera a dejar algo sin acabar, no pudo evitar seguir a Mimi. Lo hizo por dos motivos: primero, Mimi tenía razón, necesitaba entrar en calor; segundo, ya casi no sentía los dedos ni las piernas.

Mimi colgó su abrigo con los guantes en los bolsillos.

–En mi opinión, deberías ponerte ropa de más abrigo antes de encender la chimenea –dijo ella–. Yo también voy a cambiarme. A propósito, ¿dónde has encontrado las llaves de mi furgoneta?

–En el bolsillo de tu abrigo –Chase indicó el cuarto de estar–. Las he dejado encima de la mesa de centro.

Después de asentir, Mimi desapareció para «cambiarse» de ropa, a pesar de que a él le parecía completamente innecesario.

Diez minutos más tarde, Chase estaba de vuelta en la planta baja con un chándal, todavía le dolían las piernas del frío.

–¿Café o té? –preguntó Mimi desde la cocina.

–Me da igual, cualquiera de las dos cosas. Y échale un poco de anticongelante.

Chase se agachó delante de la chimenea, la oyó reír y volvió la cabeza, pero Mimi estaba de espaldas a él. Unas mallas le cubrían las piernas y las redondas nalgas. Inmediatamente, se olvidó del fuego. Mimi estaba guapísima, sus suaves curvas acentuadas por el elástico tejido. La observó mientras ella se estiraba para agarrar unas tazas y se agachaba para sacar unas cucharillas.

Cuando las nalgas de Mimi desaparecieron detrás de la isla de la cocina, él volvió a la tarea. Que era… ¿Qué? Ah, sí, encender la chimenea.

–Café –dijo Mimi mientras él prendía papel. Aceptó la taza y observó las llamas debajo de las astillas.

–No está mal –Mimi estiró una mano para mover un leño. Él le apartó la mano.

–No toques eso, te puedes quemar.

–Si no dejas que corra el aire entre esos leños, no va a prender. Una hoguera necesita aire.

–Si quieres mover algo, hazlo con esto. No quiero que te quedes sin dedos.

Mimi le dedicó una incisiva mirada y él se apartó. Las nalgas de Mimi temblaron mientras movía los leños. El sensual movimiento le hizo estremecer. La quería desnuda, abrazada a él.

–Ya está –el fuego había prendido cuando Mimi se volvió de cara a él–. Al final, acabaré convirtiéndote en un montañero.

–Lo siento, cielo, pero soy tejano de pies a cabeza

–cuando Mimi fue a incorporarse, él la detuvo–. No te muevas, quédate como estás.

Chase sacó una manta del mueble y se la tiró a Mimi. Ella la extendió en el suelo, delante de la chimenea, y colocó encima unos cojines del sofá. Él se acercó de nuevo y se sentó en el suelo al lado de Mimi con la taza de café en la mano.

–¿Se te está pasando el frío? –preguntó ella llevándose la taza a los labios.

–Sí, menos mal –respondió él paseando la mirada por las piernas dobladas de ella–. Me gustan esas mallas que llevas.

Mimi agrandó los ojos y pestañeó varias veces.

–Mucho –añadió Chase asintiendo.

Mimi echó la cabeza hacia atrás y rio durante tres segundos; después, se puso seria y bebió café.

–Eres el único, Chase Ferguson.

–¿El único que qué?

–Que se fija en una esquelética morena de ojos oscuros con piernas que parecen palillos y pechos que ni se notan. Sin embargo, tú me miras como… –Mimi se interrumpió.

–¿Como qué?

–Como solías hacer –respondió ella con las mejillas encendidas.

Mimi bajó la cabeza, pero Chase no estaba dispuesto a permitirle ignorar lo que pasaba entre los dos.

–Conozco muy bien esas piernas con delicados tobillos y las rodillas más bonitas que he besado en mi vida.

Mimi guardó silencio, pero se mordió el labio inferior. Para variar, no respondió con ironía.

–Y sé que tu pelo es como la seda al tacto y que tienes puntos verdes en esos ojos oscuros. Lo sé porque recuerdo perfectamente lo que era mirarte desde cerca, con la nariz pegada a la tuya. Y recuerdo tu aliento en mis labios y tus ojos en los míos cuando estaba dentro de ti.

Chase se acercó más a ella y la oyó respirar hondo.

–Y mejor no hablar de tu boca. Tus labios están hechos para que los besen.

Chase no pudo decir nada más porque esos labios le aplastaron los suyos.

Capítulo Trece

Miriam no pensó en el pasado. Solo existía el presente, la sensación de las manos de Chase en su nuca, la incipiente barba de él raspándole la piel mientras la besaba.

La lengua de Chase sabía a café y a algo elemental, carnal e indefinible. Su cuerpo reaccionó sin el permiso de su mente.

Chase la sujetó por la nuca mientras la devoraba con la boca entre gemidos y gruñidos. Hacía mucho que no la besaban con ese… sentido de la posesión. No, no era posesión, sino familiaridad.

Chase conocía su cuerpo, en eso no había mentido. Ahora que había vuelto a sus brazos, era como si el tiempo no hubiera pasado.

Chase bajó las manos y se las puso sobre las costillas, haciendo que le ardiera la piel por debajo de la camisa.

–Chase.

Sin responder, Chase continuó besándola al tiempo que agarraba el borde de la camisa de chándal y la camiseta de ella.

–Chase.

–Shhh –dijo él en el momento en que tocó la piel de ella.

Miriam le puso las manos en el rostro y le miró a los ojos, ensombrecidos por el deseo. Sí, Chase la deseaba. Ese hombre deslumbrante la deseaba.

–Chase, ¿tienes…?

–No digas nada. No hables.

Chase le subió la camisa del chándal y se la sacó por la cabeza, sorprendido de que llevara otra camiseta debajo. Al ir a quitársela, ella tiró de la camiseta hacia abajo.

–Antes nunca tenías prisa.

–Quiero hacer muchas cosas contigo antes de que deje de nevar –respondió él con expresión seria.

Miriam decidió callarse y besarle en vez de conversar con él. Mejor no pensar demasiado sobre lo que estaban haciendo.

Chase le cubrió un pecho con la mano por encima del sujetador y lanzó un gruñido de placer.

–He echado mucho de menos estos pechos tuyos.

No había dicho que la había echado de menos a ella, pero algo parecido. Miriam echó los brazos hacia atrás y se desabrochó el sujetador. Al verle los pechos desnudos, los ojos de Chase oscurecieron. Como en el pasado, le sorprendió que aquel hombre tan guapo tuviera tantas ganas de poseerla.

Sin perder más tiempo, Chase se apoderó de uno de sus pezones con la boca mientras le pellizcaba el otro con una mano. Miriam tembló de placer.

–Lo tenías todo planeado, ¿verdad? –jadeó ella tumbándose–. Por eso querías que pusiéramos una manta aquí.

Sin responder, Chase continuó besándole los pechos y ella, perdida en un absoluto deleite, enterró los dedos en los espesos cabellos oscuros de Chase.

Cuando Chase le agarró la cinturilla de los pantalones para bajárselos, Miriam lanzó un débil gemido. Después de quitarle los pantalones, comenzó a desnudarse.

Miriam, apoyándose en los codos, se incorporó para disfrutar la exhibición: primero, Chase se quitó la camisa; a continuación, los pantalones y los calcetines. Ese hombre al que le encantaba mirar estaba casi desnudo.

Chase se puso de rodillas y Miriam dirigió la mirada a la promesa de lo que estaba por llegar. Tragó saliva al ver el pene erecto de él. En eso no había cambiado, esa parte de Chase siempre había sido impresionante, capaz de dejarla sin sentido en un tiempo récord gritando su nombre.

–Te acuerdas, ¿verdad? –dijo Chase poniéndose a gatas sobre ella–. Sí, claro que te acuerdas. Me deseas. Admítelo.

–Eres un egomaníaco.

Chase lanzó una ronca carcajada y después le besó el hombro.

–Vamos, túmbate –dijo él–. Quiero saborear toda esa dulzura.

Con muslos temblorosos tras esa oferta, Miriam juntó las rodillas. Al no obedecerle de inmediato, Chase clavó los ojos en los suyos, advirtiéndole con la mirada que no tenía opción.

Al instante, Miriam obedeció y Chase le colocó un cojín debajo de la cabeza.

–No olvides que, cuando tenga tus piernas alrededor de la cabeza, no podré oír bien, así que tendrás que alzar la voz.

Chase se tomó su tiempo para besarle los hombros, lamerle los pezones y acariciarle el vientre con las manos. Y cuando le acarició el sexo con los dedos, ella casi dio un salto.

–Muy sensible. Me gusta –dijo él.

Chase le levantó la pierna derecha y le besó el interior del muslo antes de colocar la boca sobre su sexo. Miriam se arqueó, le ardía el cuerpo entero. Se le irguieron los pezones y, con placer, se los pellizcó a sí misma.

–Qué gusto… –susurró ella débilmente.

–Estoy de acuerdo contigo –Chase se incorporó ligeramente para besarle el lóbulo de la oreja mientras colocaba el pene en la entrepierna de ella–. Eres una delicia.

–Por favor… –suplicó Miriam al tiempo que le rodeaba con las piernas y tiraba de él hacia sí con todas sus fuerzas–. Chase, por favor…

–Sí, lo sé, cielo.

Miriam le agarró el rostro y le obligó a mirarla a los ojos.

–Tienes condones, ¿verdad?

–¡Vaya, mierda! Espera un momento.

Al instante, Chase se levantó, se puso los vaqueros y fue a buscar preservativos.

Capítulo Catorce

Chase agarró una caja entera de condones, por si acaso. Con los pies helados, corrió de vuelta al cuarto de estar. Al ver a Mimi, se le hinchó el pecho. El oscuro cabello le caía en hondas por la espalda, una espalda a plena vista ya que estaba de cara a la chimenea. Mientras recorría a Mimi con la mirada, su cuerpo entero cobró vida. Y dejó de sentir frío.

–Ya está, aquí tengo los condones –dijo Chase dejando la caja de condones encima de la mesa de centro.

Miriam volvió la cabeza y sonrió, ofreciéndole una instantánea que jamás olvidaría.

Rápidamente, Chase se quitó los pantalones.

–Tenía miedo de que se te hubieran quitado las ganas –bromeó ella.

–Eso es justo lo que temía yo.

–Deja que te lo ponga yo, señor alcalde –Miriam agarró la caja y la abrió con los dientes. El miembro erecto de él se movió–. Pero antes…

Miriam se puso de rodillas, con la cara justo al nivel de su…

Miriam se metió el pene en la boca y lo chupó. Con una mano en la cabeza de ella, Chase expulsó el aire que había estado conteniendo. Perdió la razón durante unos interminables momentos. Cuando ella por fin apartó de la boca, Chase estaba tan duro como una piedra.

–¡Dios mío! –murmuró él casi cómicamente.

Miriam se lamió los labios y, muy despacio, le colocó el condón.

–¿Cómo quieres que me coloque? –susurró ella.

–Ponte de pie –respondió Chase sin titubear.

Chase le puso una mano en la nuca y la beso; al principio, suavemente; al final, con fiereza, haciéndola frotar su cuerpo contra el suyo.

Ninguna mujer le había excitado tanto como Mimi.

Chase la alzó y ella le rodeó las caderas con las piernas; después, la llevó hasta la pared para que apoyara la espalda. Entonces, bajó la cabeza y le cubrió un pezón con la boca al tiempo que se colocaba y, con un empellón, la penetró.

Mimi lanzó un profundo y prolongado gemido de placer. Y otro y otro… mientras él la montaba.

–Vamos, cielo –dijo Chase respirando sonoramente.

–Chase.

–No te preocupes, no te vas a caer, te tengo bien sujeta.

Mimi echó la cabeza hacia atrás, sus revueltos cabellos y los hombros contra la pared, sus altos pechos suplicando atención.

Y les dio la atención que se merecían.

No le resultaba fácil moverse, pero lo consiguió gracias a su altura. Fue ese movimiento lo que la hizo alcanzar el clímax mientras gritaba su nombre con salvaje abandono.

–¡Chase, Chase, Chase!

Después, un suspiro de satisfacción. Fue entonces cuando Chase se permitió su propio orgasmo, vaciándose dentro de ella.

En esos momentos, lo único que importaba en el mundo era esa mujer que tenía en los brazos.

A Miriam le picaba la piel. Chase la tenía contra la pared, con la cabeza en su hombro, mientras respiraba trabajosamente.

Le encantaba sentirle dentro de su cuerpo, el olor silvestre de Chase rodeándola.

Cerró los ojos. Lo que había entre los dos era solo físico. Ya no eran la pareja del pasado, sino dos adultos que habían hecho el amor, nada más.

Miriam bajó las piernas y él la dejó plantar los pies en el suelo. Se apoyó en la pared, le temblaban las piernas.

–Gracias, señor alcalde –dijo Miriam con gesto travieso, haciéndole sonreír.

Chase le dio un beso en la boca y después se dirigió al cuarto de baño. Cuando Chase volvió, ella se estaba acomodando delante de la chimenea y echándose la manta por encima.

–Siento mucho no haberte hecho entrar en calor –dijo Chase.

–Me has hecho arder. Pero ya se me está pasando –Mimi alargó los brazos para calentarse las manos en el fuego de la chimenea, que ya se había convertido en brasas.

Chase echó otro leño a la hoguera antes de sentarse al lado de ella. Después, la besó profundamente.

—La próxima vez iremos más despacio.

La próxima vez...

—Porque, por supuesto, vamos a repetir. No era mi intención ir tan de prisa, pero hacía bastante que... —Chase se tumbó en el suelo con las manos debajo de la cabeza. Y ella contempló con gusto ese cuerpo, los músculos del torso y el abdomen, ese pene que no había perdido su atractivo.

—¿A cuánto le llamas tú bastante?

—Más que un poco —Chase le guiñó un ojo.

—Ja, ja. Muy gracioso.

Chase cerró los ojos y ella se quedó contemplando las llamas de la hoguera. ¿Cómo era posible que ese magnífico espécimen de hombre siguiera soltero? ¿Se sentía solo? Ella, por supuesto, sí se había sentido sola. Incluso en medio de una relación había sentido una profunda soledad.

—Estoy muerta de hambre. Esta mañana solo he tomado un café —dijo Miriam; en parte, por no preguntarle si se había sentido solo; en parte, por no preguntarle cuándo iban a repetir la experiencia.

—Me gusta esa sonrisa —Chase le rozó los labios—. Mi actuación ha debido ser buena.

—Aunque seas un presumido, voy a prepararte el desayuno —Miriam fue a ponerse en pie, pero Chase le agarró un brazo y, con suavidad, tiró de ella hacia sí.

—Un poco tarde para desayunar, ¿no? Son las once.

—En Bigfork, a veces, cenamos lo que se come típicamente en un desayuno.

–Sí, lo recuerdo.

Esas palabras quedaron suspendidas en el aire. Demostraban que Chase la conocía bien. Demostraban que Chase no había sido un espejismo.

–Preparaste tortitas una noche para cenar –dijo Chase sonriendo débilmente y con mirada tierna–. Le pusiste crema de cacahuete por encima y dijiste que eso era la cena.

–Y tú creíste que estaba loca –respondió ella, también sonriendo.

–No –Chase la miró, su sonrisa desvaneciéndose–, yo estaba loco por ti. Me habría comido cualquier cosa que me hubieras dado con esas tortitas.

–Los dos estábamos locos –Miriam sacudió la cabeza. Los días que habían pasado en la playa, en el lago, tumbados al sol. O en el apartamento de ella, los dos en una de las dos camas gemelas de su dormitorio–. Mi compañera de piso no dejaba de quejarse del ruido que hacíamos, estaba encantada cuando me fui a verte a Texas.

–Sí, me acuerdo perfectamente de eso –sonrió él con orgullo. Siempre le había gustado que le halagaran su capacidad sexual.

–Bueno, te prometo que esta vez nada de tortitas con crema de cacahuete. Y tampoco te prepararé huevos, ya que no los comes –Miriam arrugó la nariz–. ¿Cómo es posible que no te gusten las tortillas de queso?

–Ufff, qué asco.

–Te pareces a mi sobrina de cinco años.

–Yo también tengo una sobrina –Chase volvió a

sonreír–. Es increíble. Tan pequeña, tan guapa, tan… maravillosa.

–¿Qué edad tiene?

–Once meses y bastante. Va a cumplir el año el día de Navidad. Se llama Olivia.

–Es un nombre muy bonito –Miriam también sonrió.

–Apuesto a que eres una tía maravillosa –Chase le apartó un mechón de pelo del rostro.

–Raven es un diablillo, pero la adoro. Y ahora, por desgracia, no voy a volver a verla hasta la Navidad. Viven en Virginia.

Al mirar hacia la ventana y ver la nieve, que seguía cayendo, Miriam pensó que no iba a ir a ningún sitio de momento.

–Lo siento.

–No tienes por qué.

Miriam había llamado a su familia la noche anterior para ver qué tal estaban. Su madre le había dicho que se estaban sacudiendo la nieve, nada les había impedido salir por ahí. Después, había hablado con la esposa de Ross, Cecilia, y con Rave y, por fin, con Kris.

Kris le había dicho que esperara un momento y ella había oído las pisadas de su hermana subiendo las escaleras. Al cabo de unos segundos, después de escapar del resto de la familia, Kris le había preguntado:

–¿Qué ha pasado? ¿Te has acostado ya con él? ¿Te has vuelto a enamorar de él?

Miriam había respondido con un rotundo no. Pero antes de colgar, Kristine le había dado un consejo:

–No te dejes conquistar por él, Miriam. Pero, si lo

haces, al menos disfruta. Y luego, por favor, no te sientas culpable.

No, no se iba a sentir culpable.

Chase, en silencio y con mirada ausente, le acarició el brazo. Parecía pensativo. Sin embargo, estaba segura de que él no estaba pensando en el pasado ni en el futuro. No creía que a él le importara otra cosa que no fuera pasar un buen rato con ella y que ella lo pasara con él, nada más.

—No sé si sabes que tengo gofres congelados —dijo Chase agarrándole la mano y entrelazando los dedos con los suyos—. Y también tengo sirope de arce y tocino entrevelado.

—¿Y crema de cacahuete? —Miriam sonrió traviesamente.

—Estoy soltero, Mimi. Por supuesto que tengo crema de cacahuete.

Chase se levantó, se puso los vaqueros y Miriam, observándole, pensó que era la tentación personificada.

—¿Quieres que te ayude?

—No, quédate donde estás, desnuda. No quiero que gastes energía. En vez de untar la crema de cacahuete en los gofres, se me ha ocurrido una idea mejor —declaró Chase poniéndose la camisa.

Miriam alzó los ojos al techo, pero no podía negar que la idea de darle otro uso a la crema de cacahuete le gustaba.

Capítulo Quince

–¿Cómo es que no estás casada y con hijos? –preguntó Chase.

–¿Eh? ¿A qué viene esa pregunta? –preguntó ella arqueando las cejas.

–Creo que ha llegado el momento de hablar de cosas serias, ¿no te parece?

Miriam había seguido desnuda, tal y como él le había pedido, mientras comían gofres. Pero ahora ya estaban vestidos y medio tumbados en el sofá después de haber echado más leña al fuego. Habían charlado sobre la universidad y los trabajos que habían tenido después de licenciarse. Habían hablado de sus hermanos y padres, tanto Mimi como él estaban muy unidos a sus familias. Mimi le había contado que echaba mucho de menos a su difunto padre; él la comprendía; había estado muy cerca de perder a su padre también.

Mimi le había hablado también de su trabajo en la Sociedad para la Conservación del Medioambiente de Montana. Él, de su trabajo como alcalde de una importante ciudad del país. Como había dicho, ahora tocaba discutir temas más serios.

–Háblame del último tipo con el que has salido –Chase, sentado al lado de ella, estiró los brazos–. Y ven aquí.

Mimi emitió un gemido de frustración, pero le obedeció.

–Supongo que ya no voy a necesitar la manta –dijo Mimi acurrucándose contra él–, te tengo a ti para calentarme. Y no, no lo he dicho en ese sentido.

Chase sonrió al tiempo que la rodeaba con los brazos. Ella colocó la palma de una mano a la altura de su corazón y la cara sobre la mano. Entonces, lanzó un suspiro de satisfacción. Estaba satisfecha, a pesar de haber hecho lo posible por resistirle.

A Chase le gustaba tenerla abrazada, con los senos pegados a su pecho y el aliento en la mano con que la estaba acariciando. Sabía que Mimi, por estar con él, no estaba con su familia. Pero le daba igual. Si eso significaba que era un egoísta, bien. Hacía años que no había visto a Mimi ni había hablado con ella.

–¿Quién era? –repitió Chase, curioso respecto al tipo que había imaginado. En su mente, el último amante de Mimi había sido un hombre tripón y quejica que bebía cerveza barata.

–¿Por qué quieres saberlo?

Porque quería saber a quién se enfrentaba, aunque no iba a admitirlo.

–Por curiosidad –respondió Chase.

–Se llama Gerard Randall. Un especialista en medioambiente que trabaja para Yore Corp, una planta procesadora de maíz al sur de Bigfork. Le conocí en una conferencia. Salimos durante ocho meses y, al final, los dos nos dimos cuenta de que nuestra relación no funcionaba bien. Nos despedimos y cada uno fue por su lado –Miriam se encogió de hombros.

Chase hizo una mueca. Le gustaba más lo que él había imaginado que lo que Mimi le había dicho. Según ella, el tal Gerard Randall era un tipo profesional y su ruptura fue amistosa. Algo bueno en sí. No quería que a Mimi le hubieran destrozado el corazón y la hubieran abandonado.

«Como tú la abandonaste».

−¿Y tú? ¿Cómo es que no estás casado y con hijos?

−El trabajo me tiene muy ocupado −respondió Chase automáticamente. Era verdad, pero también era una exageración. El trabajo no le impedía tener relaciones, el problema era que no había encontrado a ninguna mujer que le gustara tanto como para casarse.

−Esa es una respuesta evasiva −Mimi alzó el rostro para mirarle y, durante un momento, él contuvo la respiración. No por la astucia del comentario, sino por la belleza de ella.

−Eres preciosa −Chase le acarició la mejilla con las yemas de los dedos−. Estás aún más bonita que antes.

−No te vayas por las ramas. ¿Quién?

−¿Quién, qué? −Chase arrugó el ceño.

−Yo ya te he dicho quién era mi último novio. ¡Ahora te toca a ti! −Mimi, juguetonamente, le dio un golpe en el estómago.

−¿Es que el piropo que te he echado no me va a salvar?

−No.

−Darla McMantis.

−¿Te lo acabas de inventar? −preguntó ella entrecerrando los ojos−. Ese nombre parece inventado.

−Estuvimos trabajando juntos en un proyecto escolar a principios de año. Ella es miembro de la junta directiva de un colegio y quería ponerle rostro a su campaña. Mi rostro.

—Ya, lo entiendo perfectamente —comentó ella, en un tono celoso que le hizo sonreír.

—Cuando acabamos el trabajo, me invitó a tomar unas copas. A esas copas siguieron unas cuantas cenas y, en dos fiestas a las que tuve que asistir por motivos de trabajo, ella me acompañó. En abril rompió conmigo, lo hizo con un mensaje por el móvil.

—Espero que no escribiera el mensaje mientras conducía —dijo Mimi burlonamente.

—Si quieres que te sea sincero, no estaba enterado de que fuéramos una pareja. No creía que lo nuestro fuera lo suficientemente serio como para «romper» la relación.

—Pero sí era lo suficientemente serio como para acostarte con ella, ¿no?

—¿Te estabas acostando tú con Gerard?

Se miraron en silencio, hasta que Mimi apartó los ojos.

—Supongo que es difícil encontrar a la persona con la que a uno le gustaría pasar el resto de la vida.

Mimi volvió a apoyar la cabeza en su mano. Después de unos cuantos latidos del corazón y mientras oía la respiración de ella, Chase sintió un instinto protector hacia ella, se sentía responsable de Mimi.

—Si, durante mi campaña electoral, tu nombre saliera a relucir, no te preocupes, no permitiré que te hagan daño —declaró Chase apretándola contra sí.

—No puedes prometer eso.

–Pero sí puedo prometer que haré todo lo que esté en mis manos por mantenerte al margen. No tienes por qué soportar esto. ¡Qué demonios, esa fue la razón principal por la que…! –Chase calló, optando por no terminar lo que había estado a punto de decir.

–¿La razón principal de qué? –Mimi alzó la cabeza y arrugó el ceño.

–Al igual que en el pasado, tampoco podría pedirte ahora que formaras parte de mi mundo, que sacrificaras tus principios y todo lo que te importa por un hombre que, en primer lugar, es un magnate del petróleo y un político en segundo lugar –Chase lanzó una carcajada–. Eso sería una auténtica pesadilla para ti.

–En primer lugar, Chase Ferguson, eres un hombre con corazón y con alma. Eres un buen hombre, si dejamos aparte tu comportamiento respecto a las mujeres.

Chase dejó pasar el comentario, Mimi tenía razón. Las mujeres siempre habían querido de él lo que él no estaba dispuesto a darles.

–En segundo lugar –continuó ella–, eres un hombre de negocios y un político. Y, al parecer, un político muy bueno, si se puede creer lo que he leído en Internet.

–¿Lo que has leído en Internet?

Mimi se sonrojó y miró a su alrededor para evitar mirarle a él. Pero le puso los dedos en la barbilla y le obligó a mirarle.

–Mimi Andrix, ¿has estado tratando de averiguar cosas de mí en Internet?

–Esa carta que recibí, inesperada e impersonal, despertó mi curiosidad. Y…

El rostro de Mimi enrojeció profundamente.

–¿Y?

Mimi se lamió los labios antes de admitir:

–Encontré una página in Internet muy interesante.

A Miriam le ardían las mejillas. Le resultaba humillante admitir que había estado indagando sobre Chase en Internet.

–¿Una página web sobre mí? –preguntó él divertido.

–Sí.

–¿Y qué hay en esa página de Internet? ¿Había fotos?

–Sí, narcisista. Y… artículos.

–¿Artículos? –Chase arqueó las cejas.

–Todo mentira, por supuesto. Había una que hablaba de cómo soñaba contigo y decía que… habíais estado juntos.

Chase se echó a reír y no podía parar.

–Eso es… –Chase se secó unas lágrimas de risa–. No sé lo que es.

Chase era irresistible cuando estaba relajado.

–Al principio, me pareció que era una novia tuya a la que habías dejado, pero luego vi claramente que no te conocía de nada.

–¿Cómo llegaste a esa conclusión? –preguntó él con una sonrisa traviesa.

–Decía que había hecho el amor contigo encima de un caballo y…

A Chase le dio otro ataque de risa y ella rio con él. Cuando se calmó, la hizo pegar la espalda contra el respaldo del sofá y la cubrió con su duro y cálido cuerpo.

–¿Cómo sabes que eso no es verdad? –le preguntó Chase mirándola a los ojos con intensidad.

–¿Te acuerdas del día que te invité a montar a caballo?

–¿Cómo es posible que no me acuerde? –preguntó él, al parecer, rebuscando en su memoria.

–Te pregunté si querías venir conmigo a dar un paseo en caballo y me dijiste que no te fiabas de una bestia tan grande. Me sorprendió, siendo de Texas como eres. Creía que todos los tejanos estaban acostumbrados a montar a caballo.

–Sí, ahora me acuerdo. Los caballos son muy listos. Supongo que no debe hacerles mucha gracia que los monten. Y una vez que estás ahí arriba, solo te queda una opción.

–Bajar –Miriam le pasó un dedo por la mandíbula–. Sí, son unos animales muy listos.

–En eso, estamos de acuerdo. Los caballos son listos y merecen nuestro respeto. Pero se me ocurre otra cosa en la que estamos totalmente de acuerdo.

Entonces, Chase cubrió la boca de ella con la suya y le deslizó la mano por debajo de la camisa.

Miriam no encontró motivo de protesta.

Capítulo Dieciséis

El día siguiente fue completamente distinto al anterior. En vez de pasar la mayor parte juntos y desnudos, se abrigaron y salieron de la casa.

Apenas nevaba en ese momento. Aunque aún había mucha nieve amontonada y hacía mucho frío, al menos había dejado de nevar. Algunos empezaban a salir de sus casas y, desde la ventana de la biblioteca aquella mañana, Miriam había visto algunos abrigos coloridos salpicando el paisaje.

–¿Lista? –Chase colocó el disco de plástico sobre una colina al lado de su casa y lo sujetó para que ella se subiera.

–Tú primero –dijo Miriam señalando el disco con la barbilla.

–No, gracias.

–Cobarde.

–Vamos, Mimi, aposenta esas bonitas nalgas tuyas en el trineo.

–No es un trineo, es un tobogán de nieve.

–Deja de hacerte la remolona –el viento le revolvía el cabello y tenía las orejas coloradas. Chase se había quitado el gorro al ponerse a buscar el tobogán, quejándose de que tenía calor. Solo Chase Ferguson podía tener calor a una temperatura de diez grados bajo cero.

–Después de quitar la nieve con la pala, te mereces un poco de diversión. Aunque… ¿no podríamos montarnos los dos y deslizarnos juntos?

Sorprendentemente, Chase se mostró de acuerdo.

–Me parece bien. Sujeta esto mientras me pongo el gorro otra vez.

Miriam, con la espalda pegada al pecho de Chase, bajó la cuesta gritando. Por fin, pararon delante de una arboleda.

–¿Repetimos? –le preguntó él con los labios pegados a sus mejillas–. ¿O prefieres que vayamos a casa a calentarnos?

–¡Otra vez! –hacía años que no se tiraba cuesta abajo en un tobogán de nieve. Imposible no repetir la experiencia.

Y repitieron y repitieron hasta que las piernas les temblaron de tanto subir la cuesta y Chase, definitivamente, se rindió. Después de subir la colina por última vez, Chase dejó el tobogán en el garaje, se despojaron de las chaquetas de plumas y fueron directamente a encender la chimenea.

Con ropa cómoda, una hoguera y dos tazas de sopa en las manos, Miriam comenzó a entrar en calor.

–¿No te había dicho que iba a acabar convirtiéndote en un montañero?

–Tienes mucho poder de persuasión –Chase se acabó la sopa, dejó la taza a un lado y, después de frotarse las manos, las acercó a la chimenea para calentárselas–. Echo de menos Texas. No me gusta nada retirar nieve con una pala.

–Estoy segura de que si vivieras aquí podrías pagar a alguien para que lo hiciera. Me refiero a cuando vuelvas de vacaciones, si es que vuelves, en invierno. Aunque no siempre nieva tanto.

—Ahora que lo has mencionado, necesito a alguien justo para que haga eso —dijo Chase—. La ciudad se encarga de quitar la nieve en las carreteras y caminos públicos, pero el camino privado de mi casa es demasiado largo para quitar la nieve con la pala.

—Debido a mi trabajo, sé de un equipo que se dedica a eso justamente, son muy eficientes y rápidos. Si quieres, puedo llamarles luego.

—O mañana —Chase la miró—. Mejor dejar que el ayuntamiento despeje la carretera pública primero.

—Sí.

Guardaron silencio. El tiempo juntos estaban llegando a su fin. Llevaba allí solo unos días, pero le parecía que había transcurrido mucho tiempo.

Tuvo esa misma sensación mientras llenaban el lavavajillas, también en silencio.

Como una pareja que se conocía bien. Como una pareja que no llevaba separada diez años.

Aquella noche, en el dormitorio de Chase, Miriam se metió en la cama con los pantalones de yoga y la camiseta.

—¿Qué es esto? —dijo Chase, quitándole el edredón de las manos.

—¡Tengo frío!

—No te preocupes por eso, yo me encargaré de calentarte —dijo Chase señalándose a sí mismo.

Cuando ya estaban los dos desnudos en la cama, Miriam se estremeció, pero no de frío, sino a la espera de esa boca, de esas manos...

Chase le lamió un pezón y, con la mano, le separó las piernas. Entonces, introdujo el dedo corazón en el pozo de su deseo, mojado y listo.

—Me parece que ya no tienes frío —comentó él con una maliciosa sonrisa.

Chase le besó el cuerpo y, después, bajó la cabeza y la colocó entre sus piernas. Se quedó ahí un largo tiempo, sin salir a respirar cuando ella le rogó que no le volviera a producir otro orgasmo. Pero, sin hacerla caso, la hizo alcanzar el clímax una vez más. Los gritos de ella resonaron en toda la habitación.

Miriam no sabía cuánto tiempo había pasado tumbada de costado, sintiendo sacudidas provocadas por un orgasmo tras otro. Cuando por fin oyó la voz de Chase, fue como si él le hablara desde la distancia.

—Duerme, preciosa —le susurró él al oído—. Te lo mereces.

Chase se despertó confuso, sin saber la hora que era. Por la ventana, vio la luna y el cielo estrellado. Miró la hora en el móvil, las tres de la madrugada, y se dio la vuelta para cubrirle a Mimi un pecho con la mano.

Pero ni Mimi ni sus pechos estaban allí.

Se levantó de la cama y sintió frío. Agarró el teléfono y, por medio de una aplicación, examinó el termostato y subió la temperatura unos grados. Después, por costumbre, echó una ojeada a sus inversiones, ignoró el correo electrónico y dejó el móvil de nuevo encima de la mesilla de noche y salió del cuarto.

Encontró a Mimi en la biblioteca, envuelta en un edredón y acurrucada en un sillón de cara a la ventana con vistas al lago. Estaba leyendo uno de los libros que había en las estanterías. Una novela de misterio.

—¿Te gusta Patterson?

Mimi alzó el rostro, sorprendida de verle.

—¿A quién no?

—Cierto.

Mimi clavó los ojos en la única prenda que le cubría, los calzoncillos.

—Ponte algo más de ropa, hace frío.

—Prefiero compartir tu edredón —Chase tiró de una punta del edredón y sus piernas desnudas aparecieron a la vista. Llevaba bragas y camiseta, pero nada más.

—Este sillón no es lo suficientemente grande para… ¡Eh! —la protesta de ella dio paso a unas suaves carcajadas cuando y el libro acabó en el suelo.

Chase la levantó, se sentó y sentó a Mimi encima de él. La cubrió con los brazos y el edredón envolviendo a los dos.

—Hay sitio más que de sobra —dijo él—. ¿Por qué te has levantado?

—No podía dormir.

—¿En serio? Pues yo he hecho todo lo que he podido para que durmieras toda la noche de un tirón. Tenía la esperanza de que no te despertaras hasta muy tarde.

—¿Por qué? ¿Tenías pensado llevarme un café a la cama por la mañana?

Chase le agarró la mano y entrelazó los dedos con los de ella. Le encantaban los largos y elegantes dedos de Mimi.

—Iba a hacerte tortitas con sirope de arce.

—Eso es mentira.

—No, no lo es —dijo Chase—. Mañana, o mejor dicho hoy, parece que va a ser el último día que pasemos juntos. Supongo que, cuando el camino de mi casa esté despejado, te marcharás.

—¿Qué vas a hacer tú? —preguntó ella a su vez, sin responderle.

—No lo sé —Chase respiró profundamente y soltó el aire—. Puede que me quede, puede que me vaya... depende.

Ella, sin decir nada durante unos segundos, clavó los ojos en las manos que tenían unidas.

—Creo que deberías quedarte —dijo Mimi por fin.

—¿Lo crees en serio? —preguntó él, como un imbécil.

—Sí. Bigfork es precioso en invierno y, además, llevas poco tiempo aquí. Una vez que aparten la nieve, acordonarán parte del lago para patinaje sobre hielo; sobre todo, si sigue haciendo frío —Mimi continuó hablando como una guía de turismo, enumerando las múltiples actividades de ocio de las que podría disfrutar si se quedaba.

Pero no se nombró a sí misma como una de las amenidades.

—¿Y tú?

—Bueno, yo vivo aquí —Mimi le rodeó el cuello con los brazos y le dio un beso en los labios—. No soy una turista.

–Me refiero a qué vas a hacer mientras yo esté aquí.

–Principalmente, trabajar –respondió ella encogiéndose de hombros.

–Mimi, ¿crees que podría…? –era frustrante, nunca le costaba preguntar algo si era lo que quería. Y lo que quería era a la mujer que tenía sentada encima unos días más. O semanas–. Mientras siga aquí, ¿te gustaría que cenáramos juntos alguna noche?

–Bueno… puede que la semana que viene tenga alguna noche libre. Llámame, tienes mi número de teléfono –Mimi le besó y después le mordisqueó el labio inferior–. No quiero hablar de trabajo en estos momentos. Solo me interesa… –Mimi le puso una mano en la entrepierna–. Solo me interesa el aquí y ahora.

Chase lanzó un gruñido mientras Mimo continuaba besándole y acariciándole. Las caricias de ella habían puesto punto final a la conversación.

–Te deseo –susurró él junto a los labios de Mimi.

En un abrir y cerrar de ojos, la despojó de las bragas, se quitó los calzoncillos y la colocó sobre su miembro erecto al tiempo que le agarraba la nuca y apoyaba la frente en la de ella.

–Ah, un momento –dijo él con voz ronca–. El condón. O… no.

Mimi se quedó paralizada. Chase la vio tragar saliva y, en ese instante, él se dio cuenta de que los dos querían lo mismo.

–Tenemos dos opciones: podemos ir a la habitación y me pongo un condón o podemos seguir aquí sin utilizar nada –era un riesgo, y no solo físico–. ¿Es posible?

–¿Te refieres a si estoy tomando la píldora? ¿A si

no tengo ninguna enfermedad venérea? –Mimi le acarició los labios con la yema de un dedo–. La respuesta a ambas cosas es afirmativa. Pero…

–¿Es pedir demasiado? –Chase sabía que no utilizar condones les haría retroceder diez años; entonces, jamás habían utilizado un condón.

–Me encantaba cuando hacíamos el amor así, sin nada –confesó Mimi. Y él necesitaba esa clase de unión más que nada en esos momentos y por motivos que no podía explicar o que no podía admitir.

–¿Y tú…? Ha pasado mucho tiempo desde entonces –dijo Mimi.

–No tanto como quizá pienses –Chase le dio un beso y le acarició el cabello–. La última mujer con la que me acosté sin utilizar un condón fuiste tú.

–En ese caso… ¿Por los viejos tiempos? –preguntó ella con una sonrisa nerviosa.

–Por los viejos tiempos –concurrió Chase.

Mirándose a los ojos, Mimi le permitió la entrada, profundamente, y ambos gimieron de placer. Mimi era suave y cálida, tal y como lo recordaba y, al mismo tiempo, una nueva y extraordinaria experiencia. Estar con Mimi era diferente y, simultáneamente, igual que antes.

Capítulo Diecisiete

Chase estaba en la ducha cuando llamaron a la puerta y, por tanto, fue Miriam quien abrió.

–Buenos días, señora. Mi compañera y yo estamos retirando la nieve de los caminos privados de esta zona. Hemos notado que el suyo está cubierto de nieve –dijo un hombre con ligero acento sureño–. Tenemos el quitanieves a la entrada de la propiedad. Tardaríamos media hora como mucho en despejar el camino.

Miriam calculó que el joven debía tener unos veinte y tantos años. Sentía debilidad por buenos trabajadores jóvenes.

–¿Cómo han conseguido subir la cuesta hasta la entrada de la propiedad?

–La hemos limpiado, gratis, esperando que nos contrataran para despejar el resto –respondió el joven con una tímida sonrisa que iluminó su atractivo rostro.

No podía rechazar la oferta, ¿no? Había pensado en dar a Chase el número de teléfono de su amigo Rodney para que fuera allí con su quitanieves, pero ese joven y su compañera ya estaban allí. Además, podía ocurrir que Rodney estuviera demasiado ocupado y tardara en ir. No, no podía rechazar la oferta de dos jóvenes emprendedores.

Tras discutir el precio, Miriam dio su consentimiento. Y se sintió orgullosa de sí misma por haber organizado la operación.

—¡Los del quitanieves están aquí! —gritó ella, consciente de que Chase quizá no la hubiera oído. Aquella casa era enorme.

Miriam preparó café, con la intención de llevar dos tazas a los trabajadores ahí fuera. Pero una llamada a la puerta la interrumpió.

—Qué rapidez —se dijo Miriam a sí misma al tiempo que se tropezaba con Chase, que acababa de bajar las escaleras.

—¿A qué te refieres? —Chase tenía el pelo mojado e iba vestido con unos vaqueros y un jersey. Estaba para comérselo—. Me ha parecido que alguien llamaba a la puerta.

—Por suerte, estaba yo aquí. Han venido unos ofreciendo quitar la nieve del camino —Miriam se puso de puntillas para darle un beso en la boca. Qué bien olía Chase—. He negociado el precio.

Miriam se acercó a la puerta con Chase siguiéndole los talones.

—¿Cómo han podido subir el camino que da a la entrada de la propiedad?

—No te asustes, señor alcalde, yo también se lo he preguntado. Lo han limpiado con la esperanza de que dijéramos que sí.

—Mimi, espera…

Pero Miriam ya había abierto y, de repente, se encontraron con que el joven sostenía una cámara de vídeo y su compañera, una rubia, les apuntaba con su teléfono móvil. Los chasquidos indicaron que la mujer estaba sacándoles fotos. El hombre y la mujer empezaron a lanzar preguntas.

–Miriam Andrix, ¿es verdad que Chase Ferguson y usted han vuelto a tener relaciones sentimentales?

–¿Cómo van a reconciliar sus muy diferentes posiciones respecto a la industria del petróleo?

–Señor alcalde, ¿vas a venir a vivir a Bigfork o es Miriam quien se va a trasladar a Dallas?

Chase agarró a Miriam por el brazo y se colocó delante de ella, para protegerla.

–Salgan de mi propiedad ahora mismo o llamo a la policía –dijo Chase a la pareja que no cesaba de disparar preguntas.

Los periodistas siguieron intentándolo.

–Chase, ¿están Miriam y usted enamorados? ¿Van a casarse aquí en Montana?

Pero Chase cerró de un portazo y, después, dándose la vuelta, clavó los ojos en los de Miriam.

–No sabía…

–Sí, lo sé –le interrumpió Chase.

Chase se sacó el móvil del bolsillo, abrió la puerta, salió y cerró tras de sí. Miriam pegó el oído a la puerta y, mientras los periodistas continuaban lanzando preguntas, oyó a Chase hablar por el móvil, supuestamente a la policía, ya que hablaba de invasión de la propiedad. Rápidamente, se asomó a la ventana justo en el momento en que los periodistas se marchaban en su vehículo.

Chase volvió a la casa con el pelo salpicado de nieve.

–¿Qué ha pasado? –preguntó ella.

–Lo que ha pasado es que has sido invitada formalmente a la campaña electoral de mi contrincante –respondió Chase metiéndose el móvil en el bolsillo.

Con el teléfono pegado a la oreja, Chase esperó pacientemente a que Emmett respondiera.

–¿Qué demonios pasa? –gruñó Chase por el teléfono.

–¿Qué ha ocurrido? –respondió Emmett en tono preocupado.

–Dos espías, o periodistas, se han presentado en mi casa y han hablado con Mimi. Nos han sacado fotos.

–¿Cómo ibais vestidos? –preguntó Emmett astutamente.

–Llevábamos ropa puesta. No estábamos haciendo nada.

–¿Qué hace Mimi en tu casa? –preguntó Emmett, más por obtener información que por juzgar la situación.

–El día de Acción de Gracias vino a traerme una tarta y la nieve le impidió marcharse. ¿Te importaría explicarme cómo es que unos reporteros se han presentado a las puertas de mi casa durante mis vacaciones?

–Esta mañana ha aparecido un blog. He tardardo cinco minutos en leerlo, literalmente. Aún no me ha dado tiempo para pensar en qué repercusiones puede tener y, por supuesto, tampoco me había dado tiempo a avisarte.

–¿Lo mismo que te pasó cuando llegó la carta?

–No sé. No la encuentro.

–¿Qué es lo que no encuentras?

–Ni la carta ni la foto. No creo que las tiraras a la basura.

Emmett le conocía bien, sabía que él no tiraría una foto de Mimi, aunque apareciera protestando contra la industria en la que él tenía intereses.

–Las dejé en el cajón superior de mi escritorio.

Emmett emitió un sonido que podía significar: «debería haberlo imaginado».

–¿A qué crees que se debe esta bienvenida a Bigfork?

–En mi opinión, no ha sido accidentalmente, debían saber que estás ahí. ¿Quién sabía que Mimi está en tu casa?

–Su hermana. Pero no veo qué puede ganar Kristine con chismorrear sobre su hermana.

–Es posible que hayan ido a hablar contigo y se hayan llevado una sorpresa al encontrarse allí con Mimi.

–Envíame el acceso al blog, ¿de acuerdo?

–Sí, por supuesto. Preguntaré por aquí a ver si alguien sabe algo. Disfruta del resto de tus vacaciones, jefe –dijo Emmett, despidiéndose.

Mimi estaba de brazos cruzados, esperando una explicación.

–Te he prometido protegerte de cualquier ingerencia en tu vida y eso es lo que pienso hacer –le informó él–. No obstante, debido al giro que han tomado las cosas. Sugiero que te quedes aquí en vez de…

–No ha cambiado nada. No voy a quedarme aquí. No puedo quedarme en tu casa. No vivo aquí. Tengo que trabajar.

–Mimi…

–Puedo valerme por mí misma, Chase –Mimi descruzó los brazos; de repente, parecía cansada.

–Van a acosarte y también a tu familia.

–¿No has dicho que puedes manejar la situación? Pues hazlo. No voy a esconderme, no voy a quedarme esperando a que se vayan para seguir con mi vida. ¿Qué sentido tiene que me esconda aquí?

«Quiero que estés aquí, conmigo?

–Aquí puedo protegerte, siempre y cuando no le abras la puerta al primero que llame.

–Siento haberme dejado engañar con tanta facilidad. Debería haberte preguntado.

Chase le puso las manos en los hombros y sonrió.

–Saben jugar sucio –dijo Chase–. Vamos, quédate aquí unas horas más mientras yo intento averiguar qué está pasando. ¿Me vas a hacer ese favor?

Mimi asintió antes de dirigirse a la cocina para servirse una taza de café.

Chase se puso a leer el blog.

113

Capítulo Dieciocho

—Esta vez sí es de verdad —Miriam, aún con cierto sentido de culpabilidad, dejó el móvil encima de la isla de la cocina.

No podía dejar de pensar en los reporteros a los que había abierto la puerta aquella mañana. Debería haber tenido más cuidado. Chase no le había culpado de nada, pero ella no podía evitar recordar una y otra vez su equivocación.

Chase terminó de tostar los sándwiches de queso y jamón y los sirvió en dos platos. Al verlos, a Miriam se le hizo la boca agua. Chase removió con una cuchara de madera la sopa de tomate que tenía en un fuego.

—Estos sándwiches deben ser tu especialidad, ¿no? —comentó Miriam contemplando el dorado perfecto del pan de molde.

—Sí, así es —Chase volvió la cabeza y le hizo un guiño.

—Conozco a Rodney personalmente. Puedo asegurarte que te quitará la nieve del camino sin sacar una sola foto.

—¿Quieres galletas saladas con la sopa de tomate?

—No, prefiero mojar el sándwich.

—Igual que yo. Otra cosa en la que estamos de acuerdo.

Sí, y no era la única.

—Rodney ha dicho que estará aquí dentro de una hora —dijo Miriam, prefiriendo no pensar en ese otro particular que les unía—. Si quieres que yo me encargue de hablar con él y fijar un precio, puedo esperar a ducharme después.

—Deja de castigarte, ya lo haré yo —Chase sirvió sopa en dos cuencos.

—No me estoy castigando —respondió Miriam, aunque sí se estaba castigando a sí misma.

—¿No estás preocupada por mí? ¿No te preocupa el daño que una mujer cabezota que se opone a la industria del petróleo haya podido causar a mi campaña electoral?

—Que se oponía, Chase. Ya no me opongo —le corrigió ella. Y sí, estaba preocupada por él, un poco.

—Cuando vimos la foto, sospechamos que podría causarnos problemas. Pero Emmett diseñó una estrategia para contrarrestar el efecto negativo. Con lo que Emmett no había contado era con que se presentaran aquí y con que tú estuvieras en mi casa.

—Tú también les habrías abierto la puerta, ¿no?

—Llevo mucho tiempo en la política, Mimi.

Lo que significaba que la respuesta era negativa, Chase no les habría abierto.

—¿Confías en Emmett?

—Totalmente. Tanto en lo profesional como en lo personal.

Eso la hizo sentirse algo mejor. Chase tenía alguien con quien contar, alguien de quien se podía fiar. Igual que a ella le ocurría con su hermana Kris.

–¿Cómo puedes soportarlo? –Miriam metió la cuchara en la sopa–. Me refiero a que haya tanta gente deseosa de indagar en tu vida privada.

–Lo ignoro. Además, no tengo nada que ocultar –Chase volvió a guiñarle el ojo–. Aparte de ti.

–Ja, ja.

–No merece la pena perder el tiempo ni la energía con esas cosas. Y tú tampoco debes hacerlo.

–Tengo la impresión de que eres un buen alcalde, Chase –declaró ella.

Chase apartó los ojos de la sopa y la miró.

–Gracias. La verdad es que no me preocupa mucho lo que la gente piense, pero sí considero muy valiosa tu opinión. Siempre –Chase le agarró la mano y le dio un apretón–. Sé que eres sincera. No hay mucha gente que dice lo que piensa.

Qué razón tenía Chase. Lo había visto incluso en su trabajo. Pensó en su tendencia a decir lo que pensaba en vez de hablar con cautela. Y, con una sonrisa, pensó que sería terrible como esposa de un alcalde.

¿Esposa de un alcalde? Se le cayó la cuchara en el cuenco de sopa. ¿Cómo se le había ocurrido semejante cosa?

–¿Te pasa algo? –le preguntó el alcalde de Dallas antes de dar un mordisco a su sándwich.

–No, nada, no me pasa nada –la esposa de un alcalde. No había pensado eso desde…

Desde hacía diez años. Entonces, habían comido sándwiches en la diminuta cama de su pequeño apartamento en platos de cartón, mientras que ahora los platos eran de porcelana y estaban comiendo en una cocina de lujo. Pero había cosas que no habían cambiado. En muchos aspectos, Chase seguía siendo el mismo, igual que ella; y, como antes, seguía deseando casarse y tener hijos. Quería una aventura, una vida no solo dedicada al trabajo. Había imaginado que un hombre llenaría ese vacío, pero no se había puesto a buscar. En cierto modo, ahí sentada con Chase, se dio cuenta de que no había buscado a ese hombre porque sabía que no lo encontraría en Bigfork, porque sabía que a ese hombre solo podía encontrarlo en Dallas.

Durante esos días que llevaba ahí, en casa de Chase, había vuelto a revivir el pasado, era como si no hubiera transcurrido el tiempo desde aquel verano diez años atrás.

El estómago le dio un vuelco. No podía permitirse volver a enamorarse de él, no podía.

–Discúlpame.

Miriam, prácticamente, salió corriendo de la cocina en dirección a su habitación. Agarró su bolsa, la puso encima de la cama y empezó a meter sus cosas. No sabía si estaba exagerando, pero se sentía vulnerable, tenía miedo de sufrir profundamente si seguía en esa casa, con ese hombre, un minuto más.

Pensó en el trabajo para distraerse, hizo mentalmente una lista con lo que tenía que hacer al día siguiente. Necesitaba recuperar la normalidad en su vida, destruir esa ilusión que distorsionaba la realidad y la había hecho pensar que Chase y ella estaban hechos el uno para el otro. La realidad, fuera de las circunstancias vividas a causa de la tormenta de nieve, era que Chase vivía en Dallas y ella ahí, en Bigfork. Chase se dedicaba a la política y ella luchaba por conseguir que los políticos financiaran obras sociales en la zona. Una vez que regresara a su modesto apartamento, que reanudara su vida cotidiana, fuera de esa fantástica pero anómala situación, las cosas volverían a su sitio.

–¿He dicho algo que te ha molestado? –le preguntó Chase desde la puerta.

–Supongo que Rodney no tardará en llegar –dijo Miriam metiendo una falda en la bolsa.

–Sí, pero no hay prisa.

–Lo sé –Chase se adentró en la habitación–. ¿Tan mala estaba la sopa?

Miriam le lanzó una mirada de advertencia, no estaba para bromas en esos momentos. No quería que Chase le gustara. Pero le gustaba, mucho. Le gustaba que se preocupara por ella, le gustaba cómo la besaba y que la hubiera seguido para ver si se encontraba bien.

Por eso precisamente era por lo que debía marcharse inmediatamente.

–Iré a terminar de almorzar. Solo quería… terminar con eso. Quizá me dé una ducha antes de marcharme.

Chase se acercó a ella y Miriam sintió su aliento en el oído al tiempo que la agarraba por las caderas.

–Si quieres, puedo ducharme contigo –susurró él.

–No. Será mejor que me marche. Digamos que lo que hicimos anoche en el sillón ha sido el fin –dijo ella mirándole a los ojos.

–¿El fin? –repitió Chase alzando la voz.

–Lo hemos pasado bien, pero los dos estábamos de acuerdo en que iba a ser breve. Ha dejado de nevar. Es hora de volver a la realidad.

–¿Cuál es la realidad en tu opinión? –preguntó Chase, que parecía enfadado.

–La realidad es que vivimos en dos mundos diferentes, separados. Tu realidad es tú y tu carrera política, la mía es aquí con mi trabajo –Miriam se encogió de hombros–. Es hora de que me vaya, Chase. Lo sabes tan bien como yo.

–Tú no sabes lo que yo sé, Mimi –respondió él acariciándole las caderas.

–¿Y eso? ¿Qué crees que sabes? –sabía que no debía haber preguntado eso, pero no había podido evitarlo.

–Mi madre estaba equivocada. Ella te consideraba una persona cabezota y obstinada; me dijo que, en realidad, no estabas enamorada de mí, sino del hombre en el que creías me convertiría. Estaba convencida de que lo que te interesaba de mí era mi dinero.

Aunque Miriam no tenía nada que ver con la madre de Chase, le dolió.

–Por supuesto, yo jamás creí eso –continuó Chase en tono suave–. Eras una persona alegre e independiente… y sigues siéndolo –Chase suspiró–. Cuando te llevé al aeropuerto y te puse en un avión de vuelta a tu casa, no lo hice por lo que me había dicho mi madre, sino porque estaba de acuerdo contigo en que teníamos un futuro juntos.

–¿Eso pensabas?

–Sí. Sabía que te habrías sacrificado y habrías ido a Texas conmigo, porque ahí estaba mi futuro, y porque me querías.

–Sí, habría ido a Texas contigo –en cierto modo, le molestaba que Chase la conociera tan bien.

–De ser una chica de veintitrés años increíblemente hermosa e inteligente ahora has pasado a ser una mujer de treinta y tres años increíblemente hermosa e inteligente. Tienes todo lo que necesito y deseo en una mujer.

¿Qué? ¿Qué había dicho Chase?, se preguntó Miriam al tiempo que Chase le soltaba las caderas y se separaba de ella.

–Hace diez años, no te hice volver a tu casa porque no quisiera estar contigo ni porque cayera víctima de las manipulaciones de mi madre. Lo hice por protegerte. Sabía que tú habrías estado dispuesta a hacer cualquier cosa por mí, aunque te perjudicara a ti. Sé que me querías.

Había sido lo más honesto que se habían dicho en esos días.

–No quería que te marcharas sin saberlo. Y ahora… voy a terminar de comer. ¿Vienes?

Tras esas palabras, dieron por concluida la conversación. Una conversación que había dejado mucho sin aclarar. Aunque una cosa estaba clara, esos días en los que habían estado juntos habían llegado a su fin.

Capítulo Diecinueve

–Ha sido Blake –dijo Emmett cuando él contestó a la llamada.

–¿Blake Eastwood? ¿El tipo con el que Stef…?

–Sí, exactamente –interrumpió Emmett como si no pudiera soportar oír el resto de lo que él iba a decir.

En eso, Emmett y Chase estaban de acuerdo. Chase apreciaba el empeño de su mejor amigo en proteger a su hermana. Lo mejor que Blake Eastwood podía hacer era apartarse de Stefanie si no quería que le rompieran la cara.

–La chivata estaba aquí, una de las participantes en la campaña electoral. Blake ha ido a por ella, una chica joven y guapa, su tipo. Abrió tu cajón, robó la foto y se la dio a Blake, que es un donante de tu contrincante –dijo Emmett–. Cuando la interrogué, se echó a llorar y confesó que se había acostado con Blake después de ir con él de copas. No sabía quién era Blake y, por supuesto, no se le había pasado por la cabeza que le chantajeara.

–Qué sinvergüenza.

–Pero ahí no acaba la cosa. Antes de dejar el trabajo, la chica me dijo que Blake estaba planeando seguir indagando sobre tu relación con Mimi hasta encontrar algo que utilizar contra ti.

Chase se sintió enrojecer de ira.

—Hemos estado investigando al resto de los colaboradores en la campaña, esa chica ha sido la única que nos ha traicionado.

—Gracias, Emmett.

—Respeto a ti… ¿qué tal te va por ahí? –preguntó Emmett, claramente no refiriéndose a la política.

—Mimi se ha ido a su casa hace una hora. Ya no estamos atrapados por la nieve –declaró Chase sin dar más detalles.

—¿Vas a seguir en Bigfork?

—Sí, hasta que la situación se normalice. Mimi no cree que esto pueda afectarle. Por supuesto, está equivocada.

—Ya –dijo su amigo–. Por supuesto, no tiene nada que ver con que tú quieras estar cerca de ella, ¿verdad?

Sin admitirlo, Chase decidió dar por terminada la conversación.

—Llámame si pasa algo, ¿de acuerdo?

—Lo que tú ordenes, jefe.

El día anterior, al regresar a su casa, Miriam no se encontró a ningún reportero esperándola. Y a la mañana siguiente, al ir al trabajo, comprobó que nadie la había seguido con una cámara. O Chase había exagerado respecto al peligro de juego sucio por parte de su contrincante político o, simplemente, su reacción había sido desproporcionada. En cualquier caso, mejor para ella, no le gustaban los dramas.

Dentro del edificio de la Sociedad de Montana para

la Conservación del Medio Ambiente, de camino a su despacho, se encontró con Darren, un chico espabilado que, prácticamente, vivía allí. Había trabajado como voluntario el verano anterior y se había encaprichado con ella.

–Hola, Darren.

–Hola, señorita Andrix –el chico sonrió tímidamente–. Quería hablar con usted.

–Muy bien, dispongo de unos minutos –Miriam abrió la puerta de su despacho e indicó al chico que pasara–. ¿De qué quieres hablar conmigo?

–Usted ha salido en las noticias.

Miriam dejó el bolso encima del escritorio. Darren estaba hablando de un artículo sobre ella en Internet que ya había visto el día anterior porque Chase, que lo había visto previamente, le había pasado la página web. Chase no le había dado importancia, dado que el autor sabía muy poco sobre ellos y, por lo tanto, ella tampoco se la había dado. No obstante, aceptó el móvil que Darren le ofreció y echó un vistazo al artículo de la pantalla.

–¿Qué es esto?

Se trataba de un blog. La autora del blog se denominaba a sí misma La Duquesa de Dallas. La tal duquesa había colgado en el blog tres de las fotos que los dos reporteros que se habían presentado en casa de Chase les habían sacado, bajo el título «El alcalde Chase Ferguson reaviva la llama de un antiguo amor».

Miriam devolvió el móvil a Darren y le dedicó una sonrisa.

–Gracias por decírmelo.

–¿No quiere leer el artículo, señorita Andrix?

–No, gracias, Darren. Estoy segura que solo es una sarta de mentiras.

–Dice que Chase y usted tuvieron una aventura amorosa hace años y que usted ha vuelto a seducirle –Darren se aclaró la garganta mientras leía–: «Su objetivo es meter la mano en los millones de Chase para promover sus intereses. Está decidida a someter al alcalde a sus caprichos. La duquesa siempre ha apoyado a la familia Ferguson y, en este caso, estoy totalmente del lado de Chase. Miriam, deja a nuestro querido alcalde y búscate a otro a quien manipular; preferiblemente, en tu ciudad».

–¡Maldita sea! –tras perder la calma, le quitó a Darren el móvil y ojeó el artículo. Encontró un sinfín de acusaciones, también se mencionaba su visita a Dallas diez años atrás y el fracaso de su relación.

En resumen, la escritora del artículo se compadecía de Chase y le defendía mientras que a ella la acusaba de ser una cazafortunas que utilizaba el sexo para manipular al alcalde de Dallas.

Perpleja, Miriam devolvió de nuevo el móvil a Darren y le pidió disculpas. Darren, defendiendo el honor de ella, hizo un comentario despectivo respecto al blog y se ofreció voluntario para contestar. Ella, por supuesto, le dio las gracias, pero le dijo que no era necesario.

–Gracias por avisarme, Darren –repitió Miriam acompañándole a la puerta.

Ya sola, reconoció que Chase no había exagerado. Con manos temblorosas, le llamó.

–Mimi.

–La Duquesa de Dallas tiene fotos nuestras en su blog.

–Lo sé. Emmett me ha llamado hace un rato. ¿Cómo te has enterado tan pronto?

–Gracias a un admirador que tengo aquí?

–¿Quién es? –Miriam sonrió al notar el tono tenso de Chase.

–Tiene quince años, es asmático y se sonroja delante de mí –le gustó que Chase hubiera dado muestras de celos–. ¿Has leído el artículo?

–Sí.

–Además de nuestras familias y amigos, ¿quién más estaba enterado del verano que pasamos juntos?

–No lo sé. Quizá alguien haya llamado a alguno de tus amigos o de tus compañeros de trabajo.

–¿Sigues en Bigfork?

–Sí, sigo aquí –Chase hizo una pausa antes de proseguir–. Trata que no te afecte demasiado. Tengo a gente trabajando en descubrir quién ha sido. Pronto acabaremos con esto.

–De acuerdo. Gracias.

Una hora más tarde, su jefa, Nancy, entró en su despacho.

–Miriam, tenemos que hablar –declaró Nancy con su móvil en la mano.

Chase no había mentido al decirle a Miriam que tenía a gente encargándose del asunto del blog, pero eso no significara que él fuera a cruzarse de brazos. La primera llamada que hizo fue a Penelope, la esposa de Zach, una especialista en relaciones públicas.

–Sí, lo he visto, es un asunto muy feo –le dijo Penelope después de saludarse.

–No puedo permitir que le hagan esto a Miriam –¿Y si el incidente tuviera repercusiones para ella en su trabajo? Era muy posible.

–Chase, créeme, lo último que debes hacer es defenderla públicamente; con ello, solo lograrías empeorar la situación –respondió Penelope –.Además, ya le están atacando, Chase. Si encontraran algo más que utilizar en contra de ella, esperarían al momento oportuno, al momento en que pudiera hacer más daño.

–Va a ser así hasta las elecciones, no me cabe duda –comentó Chase apesadumbrado.

–Evidentemente, te preocupa el daño que esto pueda causar a su reputación, ¿verdad? –Penelope hizo una pausa–. ¿O lo que temes es no poder recuperarla ahora que puede ver lo mucho que puede costarle volver contigo?

¿Tan transparente era?

–Quiero lo mejor para ella. Yo no soy lo mejor para Miriam.

–¿No te crees merecedor de ella? –le preguntó Penelope.

–No he dicho eso exactamente.

–¿Qué ha pasado en tu casa, en Bigfork? ¿Qué ha habido entre Miriam y tú? ¿Hasta qué punto es cierto lo que ha dicho la Duquesa de Dallas en su artículo?

–Nada de lo que ha dicho es verdad, sino todo lo contrario.

–¿Qué quieres decir? –Penelope no estaba dispuesta a dejar las cosas como estaban, quería explicaciones.

–Miriam no está intentando cazarme. Si por mí fuera, no se separaría de mí. Pero Miriam no está… interesada en tener relaciones a largo plazo conmigo.

¿Y quién podía reprochárselo? Mimi acababa de enterarse de lo que podía ser estar unida al alcalde Chase Ferguson.

–Pero tú sí estás interesado en un futuro con ella, ¿verdad? –no era una pregunta, por eso Chase no respondió.

–El inicio de una campaña electoral no es el mejor momento para empezar una nueva relación, ni para recuperar una que pertenece al pasado –murmuró él, con la esperanza de que Pamela, haciendo gala de su pragmatismo habitual, se mostrara de acuerdo con él.

–Eso no significa que no pueda ocurrir.

–No intentes ver fantasmas donde no los hay –le advirtió él.

Después darle al teclado del ordenador, Penelope dijo:

–Tengo el blog delante y estas fotos… bueno, se pueden interpretar de muchas formas, pero ahora que hemos hablado del asunto…

–¿Qué es lo que ves en ellas? –agarrando con fuerza el teléfono, miró el lago helado a través de los cristales de la ventana.

–Veo que quieres protegerla. A ella la veo vulnerable y a ti protector.

Chase abrió la boca para protestar, pero ya no podía seguir engañándose a sí mismo ni mentir a Penelope.

–¿Le has dicho lo que sientes por ella?

—Le he dicho que jamás la involucraría en el mundo de la política ni del petróleo, eso es lo que le he dicho.

—Chase.

—Penelope.

Su cuñada lanzó un suspiro.

—A veces, las mujeres no hacemos lo que es mejor para nosotras porque intentamos que nuestro corazón sea tan firme como nuestra mente. A veces, necesitamos saber qué es lo que vosotros sentís y pensáis con el fin de poder tomar la decisión correcta.

—Créeme, Penelope, en lo que a Mimi y a mí concierne, la decisión correcta ya se ha tomado. Encárgate de este asunto, te pagaré bien.

—Estupendo –respondió ella.

—Le compraré un poni a Olivia.

Penelope se echó a reír, más relajada. Con solo mencionar a Olivia, Penelope se olvidaba del trabajo. Una táctica injusta, pero necesaria.

—No te preocupes, ahora mismo me pondré a la tarea. Y otra cosa, señor alcalde.

—¿Sí?

—No tomes decisiones por ella. Déjala que elija por sí misma.

Chase asintió, a pesar de que su cuñada no podía verle, y entonces oyó un clic al cortarse la comunicación.

No había tomado decisiones por Mimi. Ella había decidido por sí misma. Era Mimi quien intentaba mantener las distancias con él. Él solo estaba cumpliendo los deseos de ella.

Capítulo Veinte

Miriam no sabía si comer o beber para olvidarse de lo que estaba pasando. Abrió el congelador, vio el medio litro de helado de nata con caramelo y lo cerró. Abrió la nevera y se quedó mirando la botella de vino achampañado italiano que tenía en la bandeja superior. Pero ese vino era para celebrar algo y, por supuesto, no tenía nada que celebrar, así que optó por el helado.

El móvil volvió a sonar y, con aprensión, echó un vistazo a la pantalla; llevaba recibiendo llamadas de números desconocidos todo el día. Suponía que se trataba de llamadas relacionadas con el creciente número de blogs en los que se hablaba de ella y de la Duquesa de Dallas.

Por suerte, reconoció ese número. Kristine.

–Hola, Kris –Miriam sacó una cuchara de un cajón y tiró la tapa del yogur al fregadero, iba a comer directamente del envase, sin utilizar un cuenco–. ¿Qué te cuentas?

–¿Aparte de las múltiples llamadas de desconocidos preguntándome que hay entre Chase y tú?

–Oh, Kris, lo siento –Miriam se sentó en una silla de la cocina.

–No te preocupes, no he abierto la boca, tal y como me dijiste que hiciera.

–Gracias, Kris.

Habían transcurrido dos días desde que Nancy le sugirió que se tomara una excedencia. Los rumores se habían extendido, ya no era solo Darran, su admirador, quien había leído los blogs. Uno de los directores de la Sociedad de Montana para la Conservación del Medioambiente estaba preocupado por su aventura amorosa con un alcalde. Nancy lo había arreglado para que siguiera cobrando un sueldo durante la excedencia; no obstante, a ella le parecía injusto que la hubieran obligado a dejar el trabajo.

–Por lo demás, ¿cómo te encuentras? –preguntó Kris.

–Harta de las llamadas. Pero, al menos, no hay periodistas acampados a las puertas de mi casa.

–Sé pasará, ya lo verás. ¿Cuándo son las elecciones?

–Dentro de un año y medio –anunció Miriam sobriamente.

Entonces, parpadeó cuando un movimiento llamó su atención. Chase estaba acercándose a su casa, a pie, con la cabeza baja y el cuello del abrigo oscuro subido.

–Kris, tengo que dejarte. Chase está llegando.

–¿A tu casa? Meems…

–Te llamaré luego.

Miriam colgó, no tenía tiempo de decirle a su hermana lo que sentía por Chase, que estaba a punto de llamar a la puerta. Entonces, en calcetines de lana, corrió hacia el cuarto de estar, se miró al espejo, se arregló el pelo y se examinó los dientes, pero no le daba tiempo de cambiarse de ropa. Chase iba a verla con unas mallas grises y una camisa de chándal azul y enorme.

Unos golpes sonaron en la puerta y Miriam abrió.

—Hola, Chase —dijo ella con una sonrisa artificial.

—Hola —respondió él, con el rostro enrojecido por el frío.

—Entra, por favor —Miriam se apartó, preguntándose qué opinaría un multimillonario de su diminuto apartamento.

Miriam cerró la puerta. Chase dominó el espacio, con su altura y su aroma. ¡Cuánto le había echado de menos!

—¿Has desconectado el teléfono? —Chase miró a su alrededor y clavó los ojos en el helado que estaba encima de la mesa. Entonces, ladeó la cabeza—. ¿Te encuentras bien?

—Más o menos, me han obligado a tomarme una excedencia en el trabajo.

—Lo sé. Antes de llamar a tu casa, te había llamado al trabajo. Me respondió una tal Nancy.

—Lo que he hecho es no contestar, no dejan de llamar.

—Lo siento —Chase respiró hondo.

—Tú no tienes la culpa de que yo asistiera a una manifestación contra las grandes empresas petrolíferas hace tres años —no le culpaba por lo que Blake había hecho, ese hombre no tenía escrúpulos e intentaba conseguir lo que quería a cualquier precio.

—Zach está casado con una profesional de las relaciones públicas, Penelope Brand, ahora Penelope

131

Ferguson –dijo Chase–. Se va a encargar de este asunto. He venido para darte su número de teléfono, debes llamarla y esbozar un plan con ella. Es una profesional extraordinaria.

–Si le has dado mi número de teléfono y me ha llamado, no le ha servido de nada, no he contestado al teléfono –Miriam le dedicó una sonrisa al tiempo que aceptaba la tarjeta de Penelope que Chase le ofrecía.

–Lo comprendo.

–¿Te apetece…? –preguntó ella al mismo tiempo que Chase hablaba.

–Me voy hoy.

–Ah –dijo ella parpadeando.

–Puedo controlar este asunto mucho mejor desde Dallas –Chase miró por la ventana y luego, de nuevo, a ella–. No he venido solo a darte la tarjeta.

Miriam contuvo la respiración.

–No quería marcharme sin despedirme de ti.

El corazón le dio un vuelco. Chase había ido a decirle adiós, un buen detalle, pero eso significaba que se marchaba. Era lo que ella quería. Al menos, era lo que se había dicho a sí misma que quería.

–¿Necesitas algo, Mimi?

–No, nada.

Con mirada tierna, Chase se le acercó. Miriam le puso la mano en el pecho para detenerle, pero él se la cubrió con la suya, acariciándosela.

–¿Estás segura? –preguntó Chase bajando los labios a la altura de su frente, acariciándosela con el aliento–. ¿No se me olvida nada?

–Estoy bien, no me hace falta nada –mintió ella.

Chase le dio un beso en la sien. Ella se estremeció, conteniendo el deseo de pegar su rostro a la garganta de él.

–Si necesitas algo, llama a Penelope, ¿de acuerdo?

No era eso lo que había querido oírle decir. ¿No le había dicho Chase que le llamara a él si necesitaba algo? ¿No había albergado la esperanza de que Chase se presentara en su casa para hacerle una declaración de amor?

–¿A qué hora sale tu vuelo? –preguntó ella. Necesitaba que se marchara ya, por el bien de los dos.

–Antes de lo que me gustaría –Chase sonrió con ternura–. ¿Por qué? ¿Quieres que te ayude a comer el helado?

Miriam deslizó las manos por debajo del jersey de él y acarició la hebilla del cinturón de Chase. Por mucho que se repitiera a sí misma que Chase no le convenía, volvía a él como una adicta a la droga.

Al mirarle a los ojos, vio que el deseo le oscureció las pupilas. Chase bajó la cabeza y la besó, empujándola hasta tenerla contra la pared. Le acarició el rostro con las manos mientras se apretaba contra ella. Miriam le acarició la boca con su aliento. Era maravilloso estar tan cerca, tan cerca…

–No te vayas –susurró Miriam.

–Mimi –Chase le acarició el rostro con los labios–. Mimi, cielo, tengo que marcharme.

Chase lanzó una carcajada y, cuando se apartó de ella, Miriam vio que la sonrisa de él estaba desprovista de humor.

–Cielo, tengo que irme –repitió Chase.

Chase se pasó las manos por el pelo, dejándola pegada a la pared con las bragas húmedas. Entonces, Chase miró al techo antes de dejar caer los brazos y mirarla a los ojos.

–¿Qué es lo que quieres? –preguntó Chase.

¿No era evidente? Le quería a él. Desnudo. Ahí y en ese momento.

–A largo plazo, ¿qué es lo que quieres? –volvió a preguntarle Chase–. ¿Una familia? ¿Tu trabajo? ¿Una mansión?

Un sinfín de posibles respuestas saturaron el cerebro de Miriam.

–Necesito saberlo, Mimi.

–Quiero… sí, quiero mi trabajo. Quiero trabajar con niños y cuidar del medioambiente. No necesito una mansión –Miriam indicó su apartamento–. Esto es suficiente para mí. Y tengo familia, una familia maravillosa.

–Estupendo. En serio, estupendo –Chase asintió con solemnidad.

–¿Y tú, qué es lo que quieres? –preguntó ella a su vez.

–Quiero ser el alcalde de Dallas. Quiero más sobrinos. Me gusta mi mansión –respondió él con una sonrisa ladeada y triste.

Las lágrimas le quemaron los párpados, pero no se permitió derramar ni una. Se habían hecho esa pregunta varias veces de diferentes formas.

¿Qué querían?

Chase quería la vida que tenía. Ella quería la vida que tenía. Por mucho que se desearan, no iban nunca a superar esa barrera.

–Que tengas un buen vuelo –Miriam se aclaró la garganta al notar que la emoción se había agarrado a sus palabras. Tenía que dejarle marchar. Por última vez–. Supongo que tardarás en volver a Montana, ¿no?

–Supongo –Chase dejó de sonreír.

–Te volverán a elegir alcalde, Chase, ya lo verás. Estoy segura de ello.

–Y a ti… –Chase le apartó un rizo de la frente–. A ti te permitirán volver al trabajo. Yo me encargaré de eso.

–No, ni se te ocurra, no hagas nada. Es mi trabajo, es asunto mío. Yo lo arreglaré.

–Pero yo tengo la culpa de lo que te ha pasado.

Antes de darle tiempo a seguir protestando, Chase le robó un beso más. Demasiado breve.

–Adiós, Mimi.

–Adiós, Chase.

Chase se volvió sin mirar atrás. Ella, de espaldas a él, no le vio alejarse.

Durante el vuelo a Dallas, en su avión privado, Chase contemplaba las nubes por la ventanilla. Había seguido el consejo de Penelope y le había preguntado a Mimi qué era lo que quería. Le había dado la oportunidad de decirle… bueno, lo que quería.

Lo que Mimi le había contestado era lo que había esperado oír de ella. Quería trabajar en la Sociedad de Montana para la Conservación del Medioambiente, trabajar con los jóvenes. Pero, sobre todo, le había dicho lo que no quería.

Se pasó una mano por el rostro, cansado por no haber podido dormir. Había pasado dos noches en vela, sentado con una copa de vino en la mano o mirando al techo, mientras se preguntaba qué podía ofrecerle a Mimi. Lo único que se le había ocurrido durante esas horas negras y silenciosas era ofrecerle lo que le debía: volver a su vida normal.

Emmett regresó con dos vasos llenos de hielo y un líquido ámbar.

–¿Whisky?

–Si te digo que no, ¿te beberás los dos vasos? –preguntó Chase a su amigo.

La una de la tarde era algo pronto para beber, pero qué demonios. Quizá le quitara la pena que le tenía encogido el corazón.

–Me parece que quien necesita los dos vasos eres tú.

Emmett había insistido en ir a buscarle, con el pretexto de que, durante el vuelo, podían hacer planes respecto a la «situación» en Dallas.

Emmett se sentó frente a él y arqueó las cejas.

–Nunca ha tenido muchas posibilidades –comentó Chase aceptando el vaso.

–¿Qué? ¿Que te vuelvan a elegir alcalde? –preguntó Emmett con ironía.

–Mimi. Ella y yo… lo nuestro nunca ha sido una cosa segura.

–El sexo confunde la mente –Emmett cruzó las piernas–. Crea lazos de unión que no deberían darse.

–¿Cómo demonios sabes tú eso? –Chase bebió un sorbo de whisky con placer de que le quemara la garganta–. Tú nunca te has sentido unido a ninguna mujer con la que te has acostado, ¿verdad?

–No estábamos hablando de mí –Emmett bebió un sorbo y le miró por encima del borde del vaso.

–Mimi y yo somos diferentes. Siempre lo hemos sido. Los dos juntos… –Chase sacudió la cabeza–. Seríamos un obstáculo el uno para el otro.

–¿Por qué? –preguntó Emmett en un tono que parecía el inicio de una discusión–. Tú eres un hombre cauteloso y eso hace que seas un buen político. Han tenido que rebuscar y encontrar a una mujer con la que tuviste relaciones hace diez años para lograr algo con lo que atacarte –Emmett sacudió la cabeza–. Ser cauteloso es bueno para tu carrera política, pero no estoy seguro de que lo sea para cualquier otra cosa.

–No voy a obligarla a nada –se refería a él mismo y a su agitada vida.

–¿Le has preguntado qué es lo que ella quiere?

–Sí.

–¿Y nada de compromisos? ¿Ningún denominador común?

Chase negó con la cabeza, aunque no estaba seguro de que eso fuera verdad. Cierto que trabajaban en Estados distintos, pero… ¿era eso insuperable? No, no lo era. Él podría haber intentado llegar a un arreglo, pero no lo había hecho. Había demasiadas cosas en contra; al menos, eso era lo que se había asegurado a sí mismo.

Emmett vació su vaso y se puso en pie para volver a servirse whisky.

–Maldita sea, Em. ¿Eres mi consejero o no? ¿Qué es lo que estás insinuando? Vamos, suéltalo.

–¿La quieres tanto como la querías hace diez años?

Apretando los dientes, Chase contestó:

–No.

Su amigo se puso tenso, se lo notó en la cara.

–La quiero más –Chase se acabó el whisky de un trago–. La quiero mucho más.

–¿Se lo has dicho?

Chase sacudió la cabeza.

–Lo que he dicho, demasiado cauteloso.

Chase no sabía qué le fastidiaba más, si reconocer que le había dado miedo confesarle a Mimi la verdad o admitir que su mejor amigo tenía razón.

Era demasiado cauteloso.

Pero eso no significaba que fuera demasiado tarde.

Capítulo Veintiuno

Esa tarde, cuando Stefanie siguió a Emmett hasta la oficina de Chase, se enteró de lo mucho que su hermano se traía entre manos.

Le había costado mucho, pero, al final, había logrado sonsacar a Emmett que todo giraba alrededor de una chica que Chase había conocido durante unas vacaciones de verano en Montana.

Por aquel entonces, a ella, una adolescente de diecinueve años, no le había interesado en absoluto la vida amorosa de su hermano. Ahora tampoco le interesaba, pero ya era una mujer adulta y consciente de que a su hermano, desde su regreso a Dallas, le pasaba algo.

Cuando Stef llegó a la sala de conferencias, sonrió al vigilante de la puerta, que la conocía y la dejó pasar sin pedirle que se identificara. Una vez dentro, esquivó a un grupo de periodistas.

«Aves de rapiña», pensó Stefanie.

Siendo una Ferguson y multimillonaria, había sido víctima de los ataques de la prensa en varias ocasiones. No le gustaba esa gente.

Se dirigió a la zona posterior del escenario y, de allí, a la habitación en la que Chase solía refugiarse. Su hermano parecía más cansado de lo normal.

—No comprendo por qué vas a dar explicaciones

a esas aves de rapiña, teniendo en cuenta que lo que quieren es destrozarte –le dijo a su hermano cruzándose de brazos.

–Mi carrera profesional depende de esas aves de rapiña.

Stefanie no estaba de acuerdo, pero habían mantenido numerosas discusiones al respecto y nunca se habían puesto de acuerdo.

–¿Te encuentras bien? –preguntó Stefanie, consciente de que su hermano no iba a ser sincero con ella.

–Sí, muy bien.

–Hablo en serio, Chase –Stefanie le puso una mano en el hombro. Su hermano, que estaba leyendo unas anotaciones del discurso que iba a dar, alzó la cabeza–. No puedo evitar pensar que lo de Blake Eastwood ha sido culpa mía.

–Nada de lo que está pasando es culpa tuya, Stefanie –Chase frunció el ceño–. Vamos, quítate esa tontería de la cabeza.

–No me sentiría tan culpable si no conociera a Blake.

Chase se enderezó en el asiento.

–Escúchame bien –dijo él–. Ese sinvergüenza haría cualquier cosa por hacer daño a nuestra familia. La única equivocación que cometiste fue fiarte de él –Chase le dio una tierna palmada en la mejilla–. Soy yo quien debería pedirte disculpas. Blake se aprovechó de ti y tú no deberías haberte visto reducida a ser un peón más en su venganza contra mí.

Agradecida, Stefanie asintió. Chase bajó el brazo y la miró a los ojos.

–¿De acuerdo? –le preguntó su hermano.

–De acuerdo.

–Bueno, ya está. Y ahora, vete, tengo que acabar de preparar esta declaración. Y, al salir, no mires a los ojos a ningún periodista, sería una invitación a que te acosen.

Stefanie sonrió, su hermano la quería mucho y se preocupaba por ella. Chase era un buen hermano, igual que Zach. Pero esa sensación de bienestar se evaporó cuando Emmett Keaton apareció y, rápidamente, se alejó. Ya había cumplido con su tarea.

Caminó con la cabeza baja, sin mirar a nadie, siguiendo el consejo de su hermano. Los periodistas estaban ocupados preparándose para la declaración de Chase: retocándose el maquillaje, mirando sus móviles o ensayando sus presentaciones.

Si alguna vez acababa en un puesto influyente en Ferguson Oil o en la política, jamás convocaría a la prensa para hacer una declaración. ¡Ni hablar!

Se dirigió al bar y, en el camino, vio a una mujer morena que le resultó conocida. La mujer parecía nerviosa y perdida.

–¿Miriam Andrix? –preguntó Stefanie en voz baja para no llamar la atención, pero Miriam la oyó y se detuvo bruscamente.

–¿No te acuerdas de mí? Soy Stefanie Ferguson, la hermana de Chase –dijo Stefanie señalándose a sí misma al ver que Miriam la miraba agrandando los ojos y con cara de susto. Sin duda, había sufrido un gran acoso desde que su relación con Chase saliera a la luz.

141

–Ah, hola, Stefanie –Miriam pareció relajarse–. Me alegro de verte.

–Y yo a ti. ¿Sabe Chase que estás aquí? –de haberlo sabido, Chase se lo habría mencionado, o se habría mostrado nervioso o… algo.

–No, no lo sabe –respondió Miriam sacudiendo la cabeza.

«Interesante».

–¿Por qué has venido a Dallas? –preguntó Stefanie acercándose a Miriam.

–Bueno… es largo de contar.

«No me cabe ninguna duda».

–Por suerte, te he encontrado yo primero. Sé dónde está Chase, pero su jefe de seguridad no permite la entrada a nadie. Sin embargo, yo te puedo acompañar.

El rostro de Miriam adoptó una expresión esperanzadora. Era una mujer muy guapa. Elegante y esbelta, con labios sensuales y unos ojos oscuros sumamente expresivos.

–Penelope me dijo dónde estaba y me ha contado lo de la rueda de prensa –Miriam esbozó una leve sonrisa–. He venido a pesar de estar segura de que no es buena idea; al menos, para su carrera política.

–¿Por qué? –el interés de Stefanie aumentó. Sentía curiosidad por averiguar el motivo de la presencia de Miriam allí.

–¡Stefanie, querida, por fin te encuentro! –Eleanor Ferguson se acercó con paso rápido–. ¿He llegado demasiado tarde? ¿Ha empezado la rueda de prensa sin mí? ¿Has visto a Penelope?

142

Antes de que Stefanie pudiera contestar a todas esas preguntas, Eleanor clavó los ojos en Miriam. Stefanie se dio cuenta de que su madre la había reconocido.

Miriam devolvió la mirada a Eleanor, enderezó los hombros y dijo:

—Hola, Eleanor.

Desde luego, no lo había pensado bien, se dijo Miriam.

Al llegar a esa conclusión, ya había aterrizado en Dallas en un avión privado que le había costado una fortuna porque no había querido retrasarse en el aeropuerto y no llegar a tiempo de la rueda de prensa.

No podía perder más el tiempo. Diez años eran más que suficientes, a lo que había que añadir una semana más de vacilación. Le dolía la cabeza de todo lo que no había dicho y de los sentimientos que no había confesado.

Penelope le había llamado el día anterior y le había explicado su plan para refutar los argumentos de la «mala prensa», pero a Miriam le importaba muy poco su propia reputación, pero sí la de Chase.

—Si es como su hermano, mi marido —le había dicho Penelope—, Chase no va a seguir mis consejos. Quiere acabar con este asunto, pero yo le he aconsejado que no saliera en tu defensa delante de los periodistas. Me preocupa que puedan retorcer el sentido de sus palabras y hacer que parezca el malo de la película. Sin embargo, no quiero que te preocupes por eso. No estoy tomando partido, no me estoy poniendo de su lado ni del tuyo. Mi trabajo consiste en evitar que vuestros trabajos y vuestras reputaciones sufran. Todo el mundo sale ganando.

Miriam había agradecido que Penelope le hubiera explicado la situación con claridad, pero le gustaba aún más que Chase estuviera dispuesto a salir en su defensa. Penelope le había hablado de la rueda de prensa y le había dicho dónde iba a tener lugar, aunque no con la intención de hacerla ir allí.

–Cuando salga en las noticias, en vídeos y comiencen los comentarios en Twitter, nosotros ya iremos una hora por delante –le había dicho Penelope–. Una de las condiciones que hemos impuesto a los periodistas que hemos elegido es que deben esperar una hora a hacer público lo que se haya dicho en la sala de conferencias.

Miriam se había acostado aquella noche, pero no había logrado conciliar el sueño. No había podido dejar de pensar en que las cosas iban mal. Chase, por supuesto, debía estar en Dallas, de eso no le cabía duda. Pero no sin saber la verdad, toda la verdad. No las medias verdades que le había contado en su apartamento unos días atrás.

Sí, quería trabajar con jóvenes y quería ayudar a conservar el medioambiente. Pero le había hecho creer que su futuro era su trabajo, que él no tenía nada que ver con ello.

Y eso no podía estar más lejos de la verdad.

En su defensa, se había estado engañando a sí misma también, lo había reconocido durante el vuelo a Dallas.

Por la mañana, después de una segunda taza de café, espontáneamente, había tomado la decisión de tomar un avión e ir a Dallas.

Miriam había ido allí para interrumpir la rueda de prensa y, quizá poniendo en práctica la peor idea de su vida, dar una última oportunidad a Chase. Uno de los dos tenía que ser valiente. No sabía cómo iba a reaccionar Chase ni lo que el futuro les depararía, pero sabía que podría encontrar la clase de trabajo que le gustaba en cualquier parte del mundo, Texas necesitaba que protegieran su medioambiente tanto como Montana.

Y estaba casi segura de que cuando Chase le había preguntado qué quería, lo había hecho por cumplir los deseos de ella, no los suyos propios.

Ahora, delante de la madre de Chase, Miriam enderezó la espalda y se juró a sí misma no dejarse intimidar por esa mujer. Diez años atrás, había aguantado el desprecio de esa mujer y no había sabido cómo responder. Pero ahora era mucho más fuerte.

–¿Sabe Penelope que estás aquí? –preguntó Eleanor, siempre deseosa de controlar la situación.

–No he venido a ver a Penelope. He venido a ver a tu hijo, a Chase.

Eleanor arqueó las cejas.

–Sé que no estás familiarizada con el mundo de la política, pero sí debes ser consciente de que tu presencia aquí pone en riesgo la campaña política de mi hijo.

De lo que Miriam estaba segura era de que Chase era un hombre extraordinario, un político singular con buenos amigos apoyándole, como, por ejemplo, la muy profesional relaciones públicas, Penelope.

–Chase es un hombre adulto –respondió Miriam–. Estoy segura de que sabrá afrontar las repercusiones de mi presencia aquí para decir lo que he venido a decir.

Sintiéndose insultada, Eleanor se quedó boquiabierta.

–Stefanie, por favor, llama a los de seguridad antes de que Miriam cause estragos.

–Quiero oír lo que ha venido a decir –declaró la hermana de Chase con una bonita sonrisa y, en ese momento, Miriam sintió una inmensa simpatía por Stefanie Ferguson.

Siguiendo un impulso propio de una mujer de treinta y tres años, muy lejos de la obstinada joven de veintitrés de diez años atrás, Miriam extendió el brazo y tocó el de Eleanor.

–No quiero acabar como en el pasado, yo llorando y odiándote. No quiero acabar cediendo y Chase guardando silencio para evitar problemas. Voy a decirle a Chase lo que siento por él y a dejar que él decida qué quiere hacer.

–¿Y qué sientes por él? –preguntó Eleanor en tono de sorpresa, quizá de rechazo.

Miriam no creía que esa mujer quisiera saberlo, pero había preguntado.

–Hace diez años, le amaba. Lo único que quería era estar a su lado durante el resto de nuestras vidas. Creía que jamás volvería a verle. Pero ha sido Chase quien ha vuelto a Montana, quien ha comprado una propiedad con vistas al lago en el que solíamos bañarnos desnudos.

Eleanor palideció, pero Miriam no había dicho todo lo que tenía que decir.

–Fui yo quien se presentó en su casa con una tarta de batata; pero no te equivoques, Eleanor, fue Chase quien quiso volver conmigo.

Chase había hecho todo lo posible por volver a acostarse con ella; quizá, con la intención de demostrarse a sí mismo que ya no la quería. Pero había llegado a la conclusión de que Chase había necesitado engañarse a sí mismo, solo así había podido marcharse de Montana y volver a Dallas para seguir con su vida, y dejar que ella siguiera con la suya.

–No esperaba volver a enamorarme de él –confesó Miriam–. En cierto modo, no volví a enamorarme de Chase porque… en el fondo, jamás dejé de quererle. Y mis sentimientos por él cobraron vida otra vez al pasar el fin de semana del día de Acción de Gracias con Chase. Sé que estás convencida de que yo no le convengo, pero me da igual tu opinión. Hace diez años, actuamos con excesiva cautela. No voy a repetir ese error.

Oyó un grito apagado junto a su hombro. Al volver la cabeza, Miriam vio a Stefania prácticamente dando saltos de alegría.

–Lo siento, lo siento. Esto es maravilloso –Stefania, con las cejas arqueadas, le dedicó una traviesa sonrisa a su madre.

La expresión de Eleanor mostraba más consternación y cansancio que despecho. Evidentemente, aquello había sido una sorpresa para ella.

La madre de Chase la miró de arriba abajo, fijándose en el sencillo vestido negro que llevaba, en los tacones y en el abrigo largo.

Miriam, a su vez, agarró su bolso de cuero, el único bueno que tenía, y devolvió la mirada a Eleanor.

–Es en serio –concluyó Eleanor–. Estás realmente enamorada de Chase.

–Yo solo puedo amar a Chase en serio –respondió Miriam.

Capítulo Veintidós

Sin presentaciones, Chase subió al escenario de la sala de conferencias.

Penelope le había aconsejado cómo responder a las preguntas que le hicieran sobre Mimi. A su cuñada no le iba a gustar lo que él iba a decir, pero no era la primera vez que desoía los consejos de alguien y actuaba según su instinto.

Ese era uno de esos días.

—En primer lugar, gracias por venir —comenzó diciendo Chase. Las cámaras se dispararon y los periodistas se prepararon para tomar notas—. Como bien saben, últimamente se me ha acusado de tener relaciones con una mujer involucrada con grupos de defensa medioambiental, grupos en contra de empresas como Ferguson Oil. Tuve relaciones con esa mujer hace diez años durante unas vacaciones de verano en Bigfork, Montana, antes de que iniciara mi carrera política. Y, aunque por aquel tiempo ella estaba en contra de la industria petrolífera, la industria en la que mi familia tiene intereses, no me lo echó en cara.

Chase no pudo evitar sonreír al recordar el momento en que se lo había dicho a Miriam. Ella le había mirado consternada; después, con resignación. Había alzado los ojos y había dicho: «Menos mal que te quiero».

Chase dejó las anotaciones de lado. No iba a leer el resto de su declaración.

–Hace muy poco, un buen amigo mío me dio un consejo muy valioso. La clase de consejo que uno no quiere oír, pero a él eso le da igual.

Emmett vigilaba a los asistentes con discreción, pero Chase notó su media sonrisa de perfil.

–Me dijo que soy demasiado cauteloso –Chase respiró hondo. Nunca se le había dado bien reconocer sus equivocaciones–. Mi amigo tiene razón, soy demasiado cauteloso. Hace ya bastante que me dedico al servicio de los demás, es el papel que me ha tocado. Como hijo mayor de la familia Ferguson, es mi obligación servir a mi familia, a las personas que votan por mí y a los negocios. No me puedo permitir el lujo de hacer lo que se me antoje… ni seguir los deseos de mi corazón.

Se oyeron murmullos de sorpresa entre los presentes; sobre todo, oyó jadear a su madre, que acababa de entrar en la sala. Bien. Ella, sobre todo, debía oír aquello.

–Debido a la campaña de difamaciones que el equipo de mi contrincante a lanzado contra mí, me veo obligado a hablar de mi pasado y de la forma tan injusta como se ha presentado. No me importan los trapos sucios que hayan destapado sobre mí, lo único que me importa es el modo como han tratado a Miriam Andrix.

Chase hizo una pausa para que los presentes asimilaran sus palabras, al mismo tiempo que veía a su hermana entrar detrás de su madre. Después, paseó la mirada por los periodistas de la primera fila que hacían anotaciones en cuadernillos y en sus móviles. Las cámaras le enfocaron y dispararon para captar ese momento en que había confesado su verdad, algo que Penelope le iba a reprochar.

Chase levantó los papeles que había dejado de lado previamente.

–Este discurso preparado estaba diseñado para que declarara que, diez años atrás, era joven e incauto, que actué siguiendo los dictados del corazón en vez de pensar con la cabeza y que, por ese motivo, mantuve relaciones con una mujer con la que no tenía futuro. Siempre he sabido a quién servir y en qué orden: mi familia, la gran ciudad de Dallas y el negocio de mi familia. Romper con Miriam fue lo correcto, tanto para mi carrera profesional como por el bien de ella. No quería que se convirtiera en una persona de interés para los medios de comunicación, no podía pedirle que se sometiera a eso. Tengo la costumbre de proteger a las personas a las que quiero.

Se oyó un susurro general que se apagó pronto.

–Miriam Andrix tiene un gran corazón y voluntad propia –Chase se permitió una sonrisa al evocar una imagen de ella manteniéndose en su sitio obstinadamente–. Desde que la conozco, la he visto decidida a salvar el mundo. Algo admirable, teniendo en cuenta que la mayoría de los mortales nos dedicamos a salvarnos a nosotros mismos. No estoy aquí para admitir que era joven y que no sabía lo que hacía. He convocado esta rueda de prensa para hacer una petición. Cuando me marché de Bigfork, Montana, dejé a Miriam, dejé

151

que ella siguiera con su vida, y ella me permitió volver y continuar con la mía. Lo que voy a pedir es muy simple: dejad a Miriam en paz. Por favor, volvamos a centrarnos en la campaña electoral y en lo que puedo hacer por nuestra ciudad.

Chase asintió, indicando que había acabado, y los periodistas se levantaron de sus asientos y agitaron los brazos para empezar la ronda de preguntas.

–Sí, Donna –Chase señaló a una mujer de cierta edad con el pelo grisáceo que ocupaba un asiento en la segunda fila.

–Señor alcalde, me alegro de que haya vuelto. ¿Qué es lo primero que piensa hacer?

–¿Aparte de pasar un rato con ustedes? –Chase sonrió y los presentes rieron quedamente–. Estar en mi despacho, centrado en los asuntos de esta ciudad y dispuesto a ser reelegido.

Lo mejor era no hablar mucho y mostrarse simpático.

Chase señaló a un joven que hacía prácticas en uno de los periódicos de la ciudad.

–Sí, Bobby.

–Señor alcalde, ¿va a vengarse de su contrincante por intentar difamarle?

–Estamos por encima de eso, Bobby. Lo sabes muy bien.

Chase señaló a una rubia de mediana edad.

–Fiona.

–Señor alcalde, ¿tiene pensado regresar pronto a Bigfork?

–Tengo una casa allí, así que antes o después iré.

Sin embargo, no creo que me convenga mucho divulgar ese tipo de información –Chase acompañó la respuesta con una sonrisa y señaló a un hombre de cabello blanco–. Sí, Tom.

–Señor alcalde, en el pasado, le hemos oído decir que la industria del petróleo...

Las preguntas continuaron en ese tono, dirigiéndose de nuevo a los temas que debían tratar: la empresa de él y su puesto como uno de los líderes de la ciudad. Tal y como él había pedido, y habían respetado su deseo. Después de unas cuantas preguntas más, se preparó para dar por terminada la rueda de prensa.

–Y ahora, si me disculpan, voy a...

–¡Señor alcalde! –gritó una voz al fondo de la sala.

Oyó exclamaciones...

–¡Es ella! ¡Es Miriam! –murmuraron múltiples voces al unísono.

Chase parpadeó, tratando de enfocar a la mujer. ¿Miriam? La mujer que le había robado el corazón... dos veces.

–Sí. La morena del fondo –dijo Chase, enamorándose de ella una vez más.

–¿Está soltero, señor alcalde? –gritó Mimi.

–Por desgracia –respondió él delante del micrófono mientras unas cámaras volvían a disparar en su dirección–. Como resultado de un trágico error.

Mimi se abrió paso entre los presentes, avanzando hacia él, sonriéndole tímidamente.

–¿A qué error se refiere?

–Me marché del Estado en el que dejé a una mujer

de la que estaba enamorado sin confesarle lo que sentía por ella.

Mimi se detuvo, los ojos fijos en él, los labios entreabiertos.

–Sí, eso es muy trágico –logró decir ella por fin.

Murmullos de los presentes, pero nadie interrumpió.

–Si me lo permite, me gustaría hacerle una pregunta más –dijo Mimi.

Chase no estaba acostumbrado a que le pillaran por sorpresa, pero así era. ¿Qué hacía Mimi allí? ¿A qué había ido? Sin embargo, en vez de preguntarle, se limitó a responder.

–Sí, adelante.

–¿Consideraría la posibilidad de volver a salir con una mujer que ha protestado contra la industria del petróleo?

La esperanza, el amor que vio en el rostro de Mimi, fue la causa de que se le hiciera un nudo en la garganta.

–No –contestó Chase.

El rostro de Mimi mostró una profunda consternación mientras los periodistas fijaban su atención en ella.

–Le pediría que se casara conmigo –añadió Chase con una sonrisa de oreja a oreja–. Pero solo si me quisiera tanto como yo a ella. Chase vio lágrimas en los ojos de Mimi–. ¿Me quieres?

–Sí, te quiero.

Más que oírla, le leyó los labios. Sobrecogido por una intensa emoción, se bajó del escenario y se abrió paso entre los periodistas mientras las cámaras disparaban sin cesar.

Con los ojos fijos en Mimi, llegó hasta ella y la besó delante de todo el mundo, quería que todos lo vieran. Dos palabras resonaban en su cabeza: «Me quiere, me quiere, me quiere».

Cuando la soltó, Miriam, con los brazos alrededor de su cuello, sonreía traviesamente.

–¡Señor alcalde!

A sus espaldas, reconoció la voz de un presentador de informativos del Canal nueve, uno de sus adeptos.

–¿Sí, Phil?

–¿Ha sido eso una proposición matrimonial oficial?

–Sí –respondió Chase con los ojos fijos en Mimi y sin dejar de sonreír.

–¿Qué contestas, Miriam? –preguntó Phil.

Mimi le acarició la nuca y le susurró:

–Podría ayudarte o acabar destruyendo tu carrera, alcalde.

–Lo que me preocupa no es mi carrera. Es a mí a quien podrías destruir.

–Se me da mejor construir que destruir –respondió ella con una enorme sonrisa.

Chase pensó en ellos juntos, haciendo el amor… Sí, Mimi tenía razón, se le daba mucho mejor construir.

–Está bien –le susurró Mimi al oído–, acepto.

Chase bajó la cabeza para besarla otra vez, pero Fiona le interrumpió.

–¿Sí o no a la proposición matrimonial?

–¿Contestamos o lo mantenemos en secreto? –le preguntó Mimi junto a los labios.

–Por favor, contesta tú.

–Sí –declaró Mimi volviendo la cabeza para mirar a los periodistas. Después, se puso de puntillas y le acarició la nariz con la suya–. Mi respuesta siempre ha sido sí.

Bianca

Cautiva del jeque… ¡Seducida por sus caricias!

LA BELLA CAUTIVA

Michelle Conder

Convencido de que Regan James tenía información sobre la desaparición de su hermana, el jeque Jaeger la retuvo en su palacio. Él no esperaba que la bella cautiva fuera obediente, pero Regan, una mujer rebelde, desató involuntariamente una tormenta en los medios informativos. El jeque debía resolverlo. ¿Y cómo?
¡Decidió que se casaría con ella! Su compromiso era pura apariencia, pero la pasión que surgió entre ambos era exquisita y peligrosamente real…

Acepte 2 de nuestras mejores novelas de amor GRATIS

¡Y reciba un regalo sorpresa!

Oferta especial de tiempo limitado

Rellene el cupón y envíelo a
Harlequin Reader Service®
3010 Walden Ave.
P.O. Box 1867
Buffalo, N.Y. 14240-1867

¡Sí! Por favor, envíenme 2 novelas de amor de Harlequin (1 Bianca® y 1 Deseo®) gratis, más el regalo sorpresa. Luego remítanme 4 novelas nuevas todos los meses, las cuales recibiré mucho antes de que aparezcan en librerías, y factúrenme al bajo precio de $3,24 cada una, más $0,25 por envío e impuesto de ventas, si corresponde*. Este es el precio total, y es un ahorro de casi el 20% sobre el precio de portada. !Una oferta excelente! Entiendo que el hecho de aceptar estos libros y el regalo no me obliga en forma alguna a la compra de libros adicionales. Y también que puedo devolver cualquier envío y cancelar en cualquier momento. Aún si decido no comprar ningún otro libro de Harlequin, los 2 libros gratis y el regalo sorpresa son míos para siempre.

416 LBN DU7N

Nombre y apellido	(Por favor, letra de molde)

Dirección	Apartamento No.

Ciudad	Estado	Zona postal

Esta oferta se limita a un pedido por hogar y no está disponible para los subscriptores actuales de Deseo® y Bianca®.
*Los términos y precios quedan sujetos a cambios sin aviso previo.
Impuestos de ventas aplican en N.Y.

SPN-03   ©2003 Harlequin Enterprises Limited

DESEO

Casados de nuevo

YVONNE LINDSAY

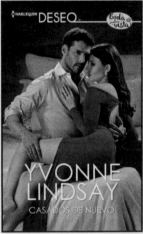